—이상진 선수가 드디어 유형진 선수와 타이기록을 이뤄 냅니다!

　—9년 만에 한 경기 삼진 17개라는 대기록과 어깨를 나란히 합니다!

　—이제 하나만 더 삼진을 잡으면 팀 선배인 유형진을 뛰어넘게 됩니다!

　아나운서와 캐스터는 흥분해서 연신 목청 높여 떠들어 댔다.

　한국 프로 야구의 기록이 경신되는, 근래 보기 드문 사건이었다.

현장에 나와 있는 기자들은 물론, 사무실에서 시청하고 있던 기자들도 바쁘게 노트북을 두드리며 기사를 쏟아 내기 시작했다.

「충청 호크스의 이상진, 한 경기 삼진 17개 기록과 타이 달성」
「이상진의 17 탈삼진, 드디어 새로운 기록을 달성하나?」
「팀 선배를 뛰어넘는 이상진의 행보는 어디까지 계속되나」

　대기록의 달성을 목격한 기자들이 연신 기사를 쏟아 내는 인터넷보다 현장의 열기는 더욱 달아오르고 있었다.
　퍼펙트게임과 노히트노런이 깨졌다고 해도 이상진의 기세는 어디로 가는 게 아니었다.
　팬들은 현장에 남아 이상진의 이름을 목이 터져라 외쳤다.
　"이상진! 이상진!"
　"삼진 잡는 이상진!"
　관중석은 떠들썩했다.
　누군가는 벌써 관중석 앞쪽에 K라고 쓰여 있는 팻말을 걸어 놓고 있었다.
　그 개수는 17개.
　8회가 막 시작되고 타자를 한 명 출루시키기는 했어도 대기록은 어디로 가는 게 아니었다.
　[〈둘이 먹다가 하나 죽어도 모른다〉 스킬이 발동 중입니다.]
　시스템 메시지를 흘끗 바라보고 다시 투구를 준비했다.

먹을수록 강해지는 폭식투수 3

키르슈 현대 판타지 소설

초판 1쇄 찍은 날 § 2020년 8월 24일
초판 1쇄 펴낸 날 § 2020년 8월 31일

지은이 § 키르슈
펴낸이 § 서경석

편집책임 § 김예슬
디자인 § 공간42

펴낸곳 § 도서출판 청어람
등록번호 § 제387-1999-000006호
등록일자 § 1999. 5. 31
어람번호 § 제1-3080호

주소 § 경기도 부천시 부일로 483번길 40 서경B/D 3F (우) 14640
전화 § 032-656-4452 팩스 § 032-656-4453
http://www.chungeoram.com
E—mail § chungeorambook@daum.net

© 000, 2015

ISBN 979-11-04-92242-8 04810
ISBN 979-11-04-92226-8 (세트)

먹을수록 강해지는 ③
폭식투수

키르슈 현대 판타지 소설
MODERN FANTASTIC STORY

목차

논란은 실력으로　　　　　　　　　007

웬만해서 그놈을 막을 수 없다　　　067

올스타전과 그놈의 기행　　　　　109

고삐 풀린 미친놈　　　　　　　　183

국제적 먹튀　　　　　　　　　　221

뜻밖의 조력　　　　　　　　　　269

논란은 실력으로

스트라이크를 잡아도, 타이기록을 달성해도 속이 풀리지 않았다.

아마 경기가 끝날 때까지 연속해서 삼진을 잡아도 풀리지 않을지 몰랐다.

"스트라이크!"

이런 마음을 모르는 내셔널스의 타자들은 애가 탔다.

이미 타이기록을 내주기는 했어도 새로운 기록의 희생양이 되는 건 사양하고 싶었다.

"파울!"

삼진을 내주자니 차라리 플라이 아웃이라도 되자는 심정으로 배트를 휘둘렀다.

그걸 보면서 상진은 공을 꽉 움켜쥐었다.

그리고 단숨에 상황을 결정지었다.

[먹을 때는 개도 안 건드린다 0/1]

"스트라이크! 타자 아웃!"

스킬에 의해 화려한 궤적을 그리며 날아간 커브볼은 타자가 내민 배트를 아슬아슬하게 스쳐 지나갔다.

그리고 상진은 주먹을 불끈 쥐며 자신도 모르게 포효했다.

"우와앗!"

[타자를 아웃시켰습니다. 46포인트가 지급됩니다.]

[현재 상한선 404 포인트를 달성하였으므로 코인 1개가 지급됩니다.]

[다음 포인트 상한선은 406입니다.]

[현재 보관 중인 코인은 2개입니다.]

오늘따라 시스템 메시지가 이렇게 달콤하게 느껴질 수는 없었다.

*   *   *

「충청 호크스의 이상진, 한 경기 탈삼진 신기록 달성」

「8이닝 무실점 19탈삼진! 이상진의 호언장담이 현실이 됐다!」

「유형진의 뒤를 잇는 한국 야구의 새로운 빛이 될 것인가」

「부상을 딛고 새롭게 타오르는 불사조 이상진, 호크스와 함께 비상하다」

아직 경기가 끝나지도 않았지만, 기사는 수도 없이 쏟아졌다.

남은 타자 하나까지 마저 삼진으로 잡고 더그아웃에 돌아온 상진은 살짝 비틀거렸다.

"야! 괜찮냐?"

"괜찮아요, 괜찮아. 잠깐 현기증이 나서 그래요."

물에 적신 수건을 얼굴에 올려놓은 상진은 깊은 한숨을 내쉬었다.

일단 한 걸음을 내딛기는 했어도 성취감과 아쉬움이 공존하는 하루였다.

8이닝을 무실점으로 마치고 승리투수 요건을 갖췄다.

그래도 욕심이 생겨서 이내 전광판으로 시선을 돌렸다.

"더 던지고 싶냐?"

"후우, 아니요. 더 던지는 건 아무래도 욕심인 것 같아서요."

"그래. 마무리는 마무리한테 맡기도록 하자."

적어도 이 팀에서 실력으로 인정할 수 있는 몇 안 되는 선수가 바로 마무리 투수인 정우한이었다.

안 그래도 요새 세이브 상황이 별로 없어서 몸이 근질근질하던 우한은 주먹을 내밀었다.

"잘 막아줘요. 블론은 안 되는 거 알죠?"

"내가 블론하면 너한테 밥 쏘마. 그러면 되지?"

구단에서도 경악할 정도의 식비를 지출하게 만드는 상진의 이야기는 이미 선수들 사이에서도 회자되고 있었다.

그래서 다들 농담 삼아 상진과 이야기할 때마다 이렇게 얘기하곤 했다.

절대로 블론을 주지 않겠다는 각오 서린 농담에 상진은 히죽 웃으며 다시 고개를 젖혔다.

그리고 우한은 상진과 호크스의 동료들을 실망시키지 않았다.

—충청 호크스가 오늘 승리로 3연승을 거둡니다!

—이상진 선수가 놀라운 기록을 경신합니다! 한 경기 19 탈삼진! 한국 야구사에 한 획을 그었습니다!

사방에서 뿌려 대는 음료수와 물의 향연 속에서 상진은 활짝 웃었다.

　그리고 누가 부르지 않았어도 먼저 수훈 선수 인터뷰하는 곳으로 먼저 걸어갔다.

　　　　　＊　　　　　＊　　　　　＊

　수훈 선수 인터뷰는 예상했던 대로 상진에게 돌아갔다.

　평소처럼 약간의 도발성 멘트를 섞어서 인터뷰를 마친 상진은 낯설면서도 익숙한 얼굴들에 쓴웃음을 지었다.

　"오랜만이시네요?"

　한국 도핑 방지 위원회 도핑검사부의 직원이었다.

　직원 수가 몇 명 되지 않는 부서여서 늘 보던 얼굴들만 봤기에 잘 기억하고 있었다.

　"예. 오늘은 충청 호크스의 선수들이 대상이라 오게 됐습니다."

　"늘 고생이시네요."

　이렇게 말하면서 상진은 순순히 소변 시료와 혈액 채취에 응했다.

　언젠가는 하러 오리라 생각했었다.

　오히려 생각보다 늦게 찾아온 편이었다.

　'시즌 초부터 도핑한 게 아니냐는 이야기가 종종 나왔었지.'

　시즌 초부터 스멀스멀 떠오르던 의혹이 있었다.

야구 관련 커뮤니티의 주된 관심사이기도 했다.

팔과 어깨, 고관절 수술을 하고 재활까지 거쳐서 망가진 투수가 갑자기 환골탈태해서 복귀했다.

게다가 시즌 중반에 들어서니 150킬로미터가 넘는 패스트볼을 던지기까지 한다.

약물 복용을 의심하지 않으려야 않을 수 없었다.

주삿바늘이 팔을 파고드는 감각을 느끼며 살짝 이맛살을 찌푸렸다.

올해로 프로가 된 지 10년 차인 만큼 도핑테스트도 간간이 했었다.

그래도 주삿바늘이 들어오는 느낌은 전혀 익숙해지지 않았다.

혈액을 뽑고 알코올 솜으로 문지르면서도 상진의 얼굴은 펴질 줄 몰랐다.

"그러면 검사 결과가 나오는 대로 구단과 선수 본인께 통보드리도록 하겠습니다."

검사를 받은 상진과 몇몇 선수들은 도핑 방지 위원회 직원들과 즐겁게 인사를 나누며 헤어졌다.

하지만 기자 몇몇이 눈빛을 빛내며 그들을 바라보고 있었다.

*   *   *

「충청 호크스의 이상진, 도핑테스트 받다」

「그동안 거둔 성적은 허상인가, 아니면 진짜인가, 시험대에 오르다」

「도핑테스트 결과는 어떻게 나올 것인가」

「약물로 확인된다면? KBO, 금지 약물이 확인되면 단호히 대처할 것」

어처구니가 없는 기사 제목들에 한현덕 감독은 스마트폰을 내려놓았다.

도핑테스트를 위한 시료 채취가 끝난 지 얼마나 됐다고 이런 기사가 올라올 줄이야.

기가 막힐 노릇이었다.

"오늘따라 기자들이 주위에 자꾸 맴돌 때부터 뭔가 이상하다고는 생각했습니다만."

박달재 코치도 면목 없다는 표정을 지었다.

압도적인 성적을 내고 있는 상진의 주위를 기자들이 맴도는 건 당연한 일이었다.

어떻게든 인터뷰를 따내려고 기웃거리는 걸 차단하는 것도 한두 번이 아니었다.

그런데 이런 기사를 써 낼 줄은 몰랐다.

"인터넷에서 벌써부터 떠드는 걸 보면 확실히 기삿거리는 되니까 그렇겠지요."

그러면서도 약간 불안한 눈으로 뒤에서 먹는 데 열중하는 상진을 돌아봤다.

태평한 얼굴로 빠진 피를 보충해야 한다고 말하는 녀석이 왠지 얄밉기까지 했다.

"그런데 진짜로 도핑했다고 나오는 건 아니겠죠?"

"그럴 거라 봅니까?"

"그거는······."

달재는 말꼬리를 흐렸다.

130킬로미터 초반대에 불과하던 구속이 단숨에 150킬로미터가 됐다는 건 과학적으로 설명이 불가능했다.

게다가 구속이 올라간 것과 마찬가지로 구위도 웬만한 타자는 압살할 정도로 위력적인 모습이 됐다.

이런 변화를 대체 뭐라고 설명해야 하는 건지 알 수 없었다.

"어쩔 수 없습니다. 만약에 도핑으로 걸리면 어떻게 할지는 걱정해 둬야겠죠."

"감독님, 그건 걱정하지 마십시오."

"넌 언제 왔어?"

조금 전까지 뒤에서 돼지처럼 처먹던 놈이 갑자기 버스 앞쪽에 나타나자 당황했다.

하지만 상진은 입가에 묻은 부스러기를 닦아 내면서 씩 웃었다.

"저는 절대 도핑을 하지 않았습니다. 믿으셔도 좋아요."

"그렇게 선수를 믿었다가 피 본 사람이 예전에도 많았다만?"

"옛날에 있었던 불법 도박 연루 사건요? 걱정 마세요. 저는 도핑 같은 거 없이 이런 성적을 내는 거니까요. 오히려 제가 도핑을 했다면, 메이저까지 씹어 먹었을 겁니다. 유형진 선배 이상으로 기록되지 않았을까요? 사이 영 상도 한 3~4년 연속으로 받고요."

"시끄러워. 뒤로 가서 먹던 거나 마저 먹어라."

"하핫. 아무튼 걱정하지 마세요, 감독님."

현덕은 자기 할 말만 마치고 다시 뒤로 가는 상진의 뒷모습을 보며 어처구니 없다는 듯 웃었다.

"그럴 수 있으면 마음이 편하긴 하겠다만."

차라리 이번 도핑테스트를 통해서 확실하게 결론이 내려졌으면 하는 마음이었다.

*   *   *

언론에서 주야장천 떠들어 대는 과정은 혼란스러움 그 자체였다.

기사가 뜨자마자 야구와 관련된 인터넷 커뮤니티 사이트들은 일제히 폭발했다.

특히 이상진의 안티팬들은 활개를 펴며 여기저기 유언비어를 퍼뜨리기 시작했다.

─도핑테스트 이제야 하네? 내 이럴 줄 알았다. 이제 이상진의 시대도 끝이구나.

ㄴ뭐가 끝이냐? 도핑 안 걸릴 테니까 걱정 푹 놔라.

ㄴ아니면 그 구속을 어떻게 설명하냐? 고작해 봐야 133킬로 미터 나오던 놈이 갑자기 150을 찍는다고?

ㄴ그래서 약을 먹었다?

ㄴ먹었다는데 내 손모가지하고 전 재산 건다. 너도 걸어 보든 가.

ㄴ와! 이거 박제감이다!

충청 호크스의 팬들은 어떻게든 이상진이 약을 먹지 않았다고 주장했다.

하지만 그들로서도 갑자기 폭풍 성장한 이상진의 실력과 스 텟에 대해서는 뭐라 할 말이 없었다.

약을 제외하고는 설명할 길이 없었다.

하지만 정작 주인공은 버스 안에서 했던 행동처럼 담담했다.

"그런데 도핑이 뭐냐?"

스마트폰으로 뉴스를 훑어보는 영호 사자를 물끄러미 보던 상진은 오이를 우물거리면서 대답했다.

"금지된 약물로 신체의 기능을 향상시키는 걸 말해요."

"약물? 그게 왜 문제가 되는 거냐?"

"공정하지 못하니까요."

이렇게 말하면서도 조금 씁쓸하긴 했다.

약물하고 동일시하기에는 상황이 조금 다르긴 했어도, 시스 템이라는 것 자체가 일종의 도핑이나 마찬가지였다.

보통의 방법으로는 손에 넣을 수 없는 능력이었다.

어제 한현덕 감독에게 자신만만하게 대답하긴 했어도 내심 양심에 찔리지 않는다면 거짓이었다.

"왜 그런 표정이냐? 설마하니 시스템 때문에 공정하지 못한 방법을 사용하는 처지라서 그놈들하고 똑같은 인간이 아닌가, 고민하는 거냐?"

"저승사자는 마음도 읽는 겁니까?"

"좀 읽으면 뭐 덧나냐? 아무튼 걱정하지 마라. 네가 먹은 건 그런 게 아니니까."

"그러면 뭡니까? 능력치를 올리고 스킬을 얻고. 그러면서 인간의 한계보다 성장하는 게 이 시스템 아닌가요?"

궁금했다.

대체 이 시스템의 정체가 무엇인지.

그리고 어째서 이런 능력을 가지고 있는 건지 말이다.

"웃기지 마라. 인간의 한계? 그딴 걸 누가 정해 놨는데? 헛소리도 좀 재미있게 해 봐라."

"왜 평소답지 않게 화를 내고 그럽니까?"

"네가 하는 소리가 너무 개소리라서 그런가."

그런데 영호가 한계라는 말에 격한 반응을 내비쳤다.

평소의 그답지 않게 화를 내는 모습에 상진은 당황하면서 말을 잇지 못했다.

"시스템이라고 없는 걸 만들어 낼 수는 없어. 다시 한번 묻지."

영호는 무서운 얼굴로 상진에게 물었다.

"너는 지금 네 한계를 뛰어넘었다고 생각하냐?"

영호의 질문에 대답할 수는 없었다.

그저 불가능한 무언가를 이뤄 냈다고는 생각해 본 적은 있었다.

하지만 자신의 한계를 뛰어넘었다고 생각해 본 적은 없었다.

영호는 상진을 빤히 바라보면서 차가운 목소리로 물었다.

"대답을 못 하네. 그러면 다른 걸 묻지. 너는 네가 인간의 한계를 뛰어넘었다고 생각하냐?"

이것 역시 대답하지 못했다.

메이저리그에 보면 다른 투수들은 시속 170킬로미터에 육박하는 공을 던지기도 했다.

무엇보다 몇몇 선수들은 공의 최고 회전수가 3천 RPM을 뛰어넘을 정도로 높았다.

그에 비해 상진 자신이 가장 높은 회전수를 기록한 구종은 커브.

그것도 높아 봤자 2,800RPM 정도였다.

구속도, 구위도, 체력도, 그 무엇도 인간의 한계를 넘었다고 할 수 있는 건 없었다.

"그러면 내가 왜 화를 내는지는 이해하겠냐?"

"멋대로 제 한계를 그어 놓아서 아닙니까?"

"그래, 맞혔어. 처음에 세계 야구에 전설로 남고 싶다길래 원대한 꿈을 가지고 있나 했더니 이거 영 맹탕이었구만. 젠장."

이렇게까지 매도를 당하니 울컥하는 마음도 들었다.

하지만 틀린 말이 아니었기에 상진은 입을 꾹 다물고 그 말을 쓰게 받아들였다.

자신의 한계를 멋대로 재고 지금이 최고의 상태라 정해 버렸다.

자신의 한계를 정한 시점에서 이미 성장 가능성은 없어진 거나 다름없었다.

"후우, 좋아요. 시스템은 없는 걸 만들어 주지 않는다고 했죠? 그러면 지금 이게 제가 원래 가지고 있던 실력이란 말이에요?"

"난 야구에 대해서는 모르지만, 네가 처먹은 황금 돼지에 대해서는 얼추 알고 있지. 인간의 잠재력을 극한까지 끌어내도록 해 주는 힘이 있지. 다만 그건 얼마나 노력하느냐에 따라서 달려 있다."

바꿔 보면 황금 돼지를 먹고 얻은 시스템은 잠재력을 빠르게 개화시켜 주는 걸 도와준다는 말이었다.

그리고 지금의 자신이 원래 가지고 있던 잠재력이 깨어난 결과라는 말과도 같았다.

"그러면 이게 내 잠재력이라는 말인가요?"

"그러면 아니냐? 너의 과거를 되짚어 봐. 지금의 실력이 너의 한계냐? 아니면 한 번도 이뤄 보지 못한 실력이냐?"

"그건……."

생각해 보면 지금과 고등학교를 갓 졸업했을 때와 비교해 봐도 큰 차이는 없다.

그때보다 조금 오른 수준에서 약간이나마 만족했던 자신이 부끄러웠다.

지금은 그저 부상이 없던 시절로 돌아온 것 정도였다.

바꿔 말하자면 그때와 비교해서 확실하게 좋아진 건 제구와 수읽기뿐이다.

구속과 구위 같은 건 아주 약간 좋아진 정도였다.

"네가 원하는 메이저리그의 다른 투수들과 비교해서 격차가 없는 거냐?"

메이저리그의 진출을 목표로 한다고 해도 지금은 최소 조건을 갖춘 정도였다.

지금 상황에서 만족하는 듯한 말을 꺼낸 것이 잘못이라는 걸 깨달은 상진은 영호의 질문에 순순히 대답했다.

"확실히 메이저리그의 투수들과 저 사이에는 하늘과 땅만큼의 차이가 있죠."

그렇다고 그 사람들 역시 인간의 한계를 벗어난 건 아니다.

그들 나름대로 노력하고 자신의 신체 능력을 최대한 이끌어 낸 결과가 그들의 성적이다.

"그러면 이 시스템은 제 잠재력을 이끌어 내는 건가요?"

"바로 맞혔어. 네가 가지고 있는 잠재력을 네 노력 여하에 따라 최대한 쉽게 이끌어 낼 수 있는 방법. 그게 네가 처먹은 황금 돼지다."

조금이나마 흔들렸던 마음이 다시 제자리로 돌아왔다.

이것이 자신의 잠재력이라면 군이 죄책감을 가질 이유는

없다.

그저 끝없이 노력하고 그걸 바탕으로 발전하면 그만인 것을.

그래도 불만은 하나 있었다.

"그런데 꼭 그렇게 처먹었다고 말해야 합니까?"

"그럼 처먹은 거지, 뭐라고 하냐?"

"그쪽에서 처먹인 거 아닙니까!"

모든 일의 시작이자 원흉인 저승사자는 그저 콧방귀를 낄 뿐이었다.

*   *   *

구단에서도 이번 사태는 골치 아픈 일이었다.

일개 선수의 도핑테스트 사실이 이렇게까지 화제가 되는 건 한국 야구사에서도 전무후무한 일이었다.

도핑을 한 선수가 MVP를 받았을 때 정도가 비견될 정도일까.

언론에서도 시끄럽긴 매한가지였다.

당장 기자회견이 잡힌 오늘까지도 기자들은 단장실까지 쳐들어오며 온갖 질문을 퍼부어 댔다.

"제가 딱히 이야기할 건 없네요. 도핑테스트는 전적으로 관리 위원회에서 하는 일이고 구단이 할 말이 있을까요?"

"그래도 그동안 구단 차원에서 선수들의 건강 상태를 체크하지 않습니까. 이번에 이상진 선수가 재활 과정에서 투여받은 약물 중에 금지 약물이 있을지도 모른다던데요?"

점점 도가 지나친 질문에 박종현 단장의 얼굴이 찌푸려졌다.

하지만 언론을 대하는 스페셜리스트인 그는 절묘하게 찡그림을 웃는 표정으로 바꿨다.

다행히 눈앞에 모여 있는 기자들은 그의 표정 변화를 눈치채지 못했다.

"저희는 선수들의 신체검사 결과를 늘 공유하고, 약물 복용과 같은 일은 없었습니다."

"그렇다면 수영계에서의 일처럼 의사가 선수에게 몰래 금지 약물을 투여했다는 소문도 사실이 아니란 말씀이십니까?"

"물론입니다. 만약 의사가 선수 몰래 금지 약물을 투여했다면 구단에서 적극적으로 대응할 방침입니다."

지극히 상식적인 선에서의 원론적인 대답을 유지했다.

언론에게 물어뜯길 만한 소스를 던져 주면 오히려 이쪽이 손해다.

그렇다고 해도 막 대할 수는 없는 일.

적당한 선을 유지하며 기자들을 상대하는 일은 피곤하기만 했다.

하지만 이쪽에서 선을 지켜도 기자들의 질문은 이미 선을 넘은 지 오래였다.

"지금 야구 관계자들과 네티즌들이 약물 복용을 의심하고 있습니다. 부상에서 복귀하고 구속이 130킬로미터를 간신히 넘던 선수가 갑자기 150킬로미터가 넘는 강속구를 뿌리는데, 단장님께서는 어떻게 생각하시나요?"

"약물을 복용하지 않고 그런 구속을 낼 수 있으리라 보십니까?"

"약물 외에 다른 가능성은 없어 보입니다만, 단장님은 어떤 생각이신가요?"

마치 약물 복용을 기정사실화하는 듯한 기자들의 말에 순간 울컥했다.

고개를 돌려 보니 그동안 호크스에 악의적인 기사를 많이 썼던 조강훈 기자였다.

그의 멱살을 잡을 뻔했던 종현은 간신히 감정을 추슬렀다.

"제가 단장이 되기 전부터 이상진 선수는 재활을 하며 기존의 기량을 되찾으려 노력했습니다. 약물이 아니라면 그건 이상진 선수의 노력이 드디어 결실을 맺었다고 생각해야겠죠."

"그렇다면 이게 전부 재활에 성공해서 그렇다는 겁니까?"

"그렇습니다. 지금도 트레이닝하는 이상진 선수를 지켜보시면 아실 겁니다. 아침에 누구보다도 먼저 나와서 러닝을 하고 체력을 키우며 프로그램에 맞추어 몸을 단련합니다."

노력하는 모습을 누구보다도 가까이 지켜봤던 사람 중 하나였다.

선수단부터 코칭스태프, 그리고 구단 직원들까지 전부 상진의 모습을 지켜봤다.

보이지 않는 피눈물을 쏟으며 옛 기량을 되찾기 위해 분투

하던 이상진.

그렇기에 방출이라는 선택 대신 과도한 옵션이 달린 계약을 맺은 것이었다.

"그런 선수의 노력이 이제야 결실을 맺는데, 그걸 약물복용이라고 단언할 수는 없습니다. 저는 이상진 선수가 드디어 본래의 자리로 되돌아왔다고 생각합니다. 그럼 인터뷰는 이만 마치도록 하겠습니다."

더 이야기하기 싫었던 종현은 자리를 박차고 일어나 단장실 안으로 들어갔다.

갑작스러운 종현의 행동에 기자들은 당황한 얼굴로 일제히 일어섰다.

"잠시만요, 단장님! 한 말씀만 더 드리겠습니다!"

"단장님! 박종현 단장님!"

"질문 하나만 더 답해 주십시오!"

하지만 종현은 기자들이 아무리 붙잡아도 이제 더 할 이야기도 없었다.

원론적인 이야기만 반복하며 어떻게든 말실수를 유도하려는 기자들의 행태에도 질렸다.

쫓아오려는 기자들을 구단 직원들이 막아서는 걸 뒤로한 채 안으로 들어온 종현은 버럭 소리를 질렀다.

"기자회견까지 열다니! 스포츠 기자들이 대놓고 나서서 기자회견을 하자고 할 줄은 상상도 못 했어! 미친 거 아냐?"

씩씩거리며 찬물을 벌컥벌컥 들이켰다.

처음에 일이 커지기 시작한 건 어쩔 수 없었다.

애초에 이상진의 성적이 너무 뛰어난 나머지 시기하는 무리들이 많았으니까.

하지만 설마하니 대놓고 도핑테스트 결과를 기자회견까지 하며 발표하자고 주장할 줄은 몰랐다.

"후우, 그런데 설마하니 이상진, 그 녀석도 거기에 출석하겠다고 할 줄이야."

그러다 보니 일이 커져도 너무 커져 버렸다.

일부 기자들은 이미 약물 사용을 기정사실화하고 기사를 쏟아 내고 있었다.

이런 상황에서 도핑이 사실로 드러난다면 충청 호크스는 끝이다.

이를 벅벅 갈면서 종현은 단장실 안을 서성거렸다.

바깥의 소란스러움은 서서히 잦아들기 시작했다.

단장인 자신이 인터뷰를 끝내고 안으로 들어온 것도 한몫했지만 가장 중요한 이유는 바로 오늘 잡혀 있는 기자회견 때문이었다.

이제 기자 회견까지 남은 시간은 30여 분.

똑똑 문을 두드리는 소리와 함께 구단 직원이 고개를 빼꼼 들이밀었다.

"단장님, 이제 슬슬 시작할 시간입니다."

"후우, 이상진 선수하고 한현덕 감독은 왔습니까?"

"예. 먼저 회견장에 와서 기다리고 있습니다."

일단 오늘의 주인공이 도착했다는 걸 확인하고서 마음을 가라앉혔다.

사실 오늘 어떤 결과가 나오든 간에 어떻게 대응할지는 정해졌다.

하지만 어느 쪽으로 결론이 나오든 당분간 시끄러울 것을 각오해 둬야 했다.

"지금 기자들은 몇이나 와 있지?"

"대략 100여 명 정도는 온 듯합니다."

복잡한 마음으로 기자회견장으로 향했다.

그곳에는 아까 자신을 인터뷰하던 기자들도 전부 와 있었다.

웅성거리는 그들의 관심사는 기자회견장 옆에 앉아 있는 이상진이었다.

아무런 관심도 없다는 듯 하품을 하면서도 연신 육포를 먹고 있는 그의 모습은 기자들에게 신기할 따름이었다.

몇몇 기자들은 이상진이 뭔가 끊임없이 먹는 걸 간이 기사로 써서 올리기도 했다.

"언제부터 먹기 시작한 거지?"

"내가 듣기로는 아침에 여기 오면서도 먹고 있었다던데?"

"주로 단백질 식품이었지?"

"올해 들어서 일반인의 몇 배를 먹는다더니 진짜야?"

"몇 배가 아니라 몇 십 배라니까."

소란스럽던 기자회견장에 단정한 정장을 입은 사람 세 명이 들어왔다.

그러자 시끄럽던 기자들이 단숨에 조용해졌다.

한국 도핑 방지 위원회 도핑검사부 부장 김찬용은 이마의 땀을 닦고는 작게 한숨을 내쉬었다.

계속 터지는 카메라 플래시가 그에게는 무척이나 부담스러웠다.

"이렇게 기자회견까지 마련될 줄은 미처 몰랐습니다. 그래서 다소 부족한 점이 있더라도 양해 부탁드립니다."

부장이라고 해도 일개 직원이었기에 이렇게 수많은 카메라 앞에 서본 적이 없었다.

그는 떨리는 손으로 원고를 들고 역시 떨리는 목소리로 읽기 시작했다.

"오늘 모두 관심을 가지고 이 자리에 함께해 주셔서 대단히 감사합니다. 그러면 다들 궁금해하시는 이상진 선수의 도핑테스트 결과를 발표하겠습니다."

순간 주위가 고요해졌다.

기자들은 물론이고 기자회견장을 생중계하는 관계자들 역시 침을 꿀꺽 삼켰다.

카메라 플래시 터지는 소리마저 잠들어 버린 기자회견장에서 사방에 조용히 퍼진 건 김찬용의 목소리뿐이었다.

"이상진 선수의 혈액, 소변, 머리카락 등에서 확인한 도핑테스트 결과는 모두 음성입니다. 금지 약물 복용은 전혀 확인되지 않았습니다."

고요했던 기자회견장이 단숨에 고함으로 터져 나갈 듯 돌변했다.

당연한 아수라장이었다.

김찬용 부장은 도핑테스트 결과를 스크린에 띄우고 하나하나 설명하기 시작했다.

그 결과는 하나같이 이상진이 약물을 사용했다는 사실을 부정하고 있었다.

기자들은 자세한 내용을 계속 요구하면서 동시에 기사를 써서 올렸다.

기자회견장부터 인터넷까지, 새로운 기사가 올라갈 때마다 점점 뜨거워졌다.

"그러면 이상진 선수는 결백하다는 겁니까?"

"예. 적어도 현재 검사하는 호르몬제, 진통제, 향정신성 마약이나 암페타민, 에페드린과 같은 부분의 문제는 전혀 없었습니다.

이후에도 한 시간에 걸친 도핑테스트 결과 발표가 계속됐다.

분명히 저런 엄청난 신체적 능력의 향상에는 도핑이 있으리라 생각했던 일부 기자들은 혼란스러웠다.

그리고 그 틈을 타서 단상 위에 올라온 건 충청 호크스의 단장 박종현이었다.

"아아, 잘 들리십니까? 아까도 인터뷰를 하긴 했지만, 다음 순서를 이어받게 된 충청 호크스의 단장, 박종현입니다. 이렇게 인사를 드리게 되어 반갑습니다."

형식적인 인사에도 기자들은 입을 꾹 다물었다.

갑작스레 단장인 박종현이 올라가서 저러는 이유를 알지 못해서였다.

"말씀드리지는 않았어도 원래 기자회견을 준비한 건 저희 구단이었습니다. 그리고 이번에는 충청 호크스의 입장을 발표하겠습니다."

박종현 단장은 처음부터 이런 사태를 미리 대비해 뒀다.

정확하게 말하면 상진이 정말 약물을 복용했을 경우, 그리고 그렇지 않은 경우.

두 가지 경우에 맞춰서 뭐라 발표할지 각각 준비했다.

"지금 스크린에 비춰지는 자료는 이상진 선수의 최근 정밀 검진 결과입니다."

화면에 떠오른 자료를 본 기자들은 순간 동요했다.

BMI 수치부터 시작해서 온갖 신체검사 수치들이 튀어나왔다.

물론 인체 부문에 대해서 기자들은 잘 알지 못했기에 박종현이 데리고 온 전문의 하나가 열심히 수치를 설명하기 시작했다.

"…해서 이상진 선수의 신체적인 수치는 문제가 없습니다."

기자들은 고개를 끄덕였다.

의사의 말에 괜히 태클을 걸었다가 망신을 당하고 싶지는 않았다.

대신에 그들은 우회를 택했다.

"정말 문제가 없는 겁니까? 장담하실 수 있습니까?"

이번에는 박종현이 대답을 이어받았다.

"예. 전혀 문제가 없습니다. 그리고 여러분이 간과하고 계시는 부분이 있는 이상진 선수의 나이가 몇입니까?"

다들 그건 왜 묻느냐는 표정이 됐다.

이상진은 1990년생이고, 올해 만으로 스물여덟이다.

이제 7월의 생일이 지나면 스물아홉이 된다.

그 순간 기자들의 얼굴이 하얗게 됐다.

"한국 나이로 따진다면 서른입니다. 하지만 만으로 따진다면 스물여덟이죠. 개인마다 약간의 차이는 있어도 보통 야구 선수들이 전성기를 맞이하는 시기는 바로 이즈음입니다."

그때 그 자리에 있던 기자들이 전부 깨달았다.

지금 박종현은 이상진이 전성기를 맞이했다고 주장하려 하고 있었다.

약물 복용이 확인되지 않은 지금, 그 주장을 반박할 마땅한 근거가 없었다.

"저는 팀의 프랜차이즈 스타인 이상진 선수가 드디어 부상에서 완전히 회복되어 예전의 기량, 아니, 그 이상의 실력을 되찾았음을 축하합니다. 충청 호크스는 이상진 선수를 적극적으로 지지하며 앞으로 악의적인 허위 정보 유포에 대해서 적극적으로 대처하도록 하겠습니다."

＊ ＊ ＊

「이상진, 도핑 혐의 없다」
「충청 호크스, 이상진에 대한 허위 정보 유포에 단호히 대처할 것
을 선언」
「도핑 없이 성장한 이상진, 노력의 결실을 맺다」
「박종현 단장, 이상진은 이제 전성기다」

인터넷에서도 마찬가지로 각 팀의 팬들끼리 부딪치는 일이
빈번해졌다.
하지만 이번 기자회견은 이례적으로 인터넷 생중계까지 이
루어졌다.
그때 나온 발표 자료들을 본 팬들은 의학적 전문 지식을 가
지고 이야기를 시작했다.
결론은 기자회견과 딱히 다르지 않았다.

―이상진은 결백하다.

공개된 데이터가 진짜라면 더 이상 이상진의 결백을 의심할
수 없다는 결론이었다.
물론 데이터가 조작됐다느니, 충청 호크스와 한국 도핑 방지
위원회가 서로 결탁했다느니.
별의별 소리들이 나왔으나 단 한마디에 가라앉았다.

―박종현 단장이 허위 정보 유포하면 단호히 대처한댔는데 감당할 수 있겠어?

실제로 박종현 단장은 기자회견을 마치자마자 작성된 악성 인터넷 댓글들을 추려내어 바로 고소하는 작업에 들어갔다.

팀의 이미지를 생각해서라도 이상진에 대한 공격을 더 이상 용납할 수 없었다.

그리고 이 이상으로 일이 시끄러워지는 것을 원하지 않았다.

나중에 고소를 취하하더라도 지금은 단호한 모습을 보여서 루머를 잠재워야 했다.

그러나 이렇게 한바탕 폭풍이 몰아치는데도 당사자는 여유롭게 캐치볼을 하고 있었다.

"너는 참 태평하네."

"음? 태평할 수밖에 없잖아요?"

함께 캐치볼을 하고 있던 인재의 말에 상진은 어깨를 으쓱거렸다.

다음 선발 경기에서 상대할 상대 팀의 데이터를 수집하고 복습하는 것만으로도 시간이 부족했다.

그래서 요새 벌어지고 있는 일에 신경 쓸 여유가 없었다.

"괜히 그런데 일일이 신경 안 써도 되니까요. 대외적인 인터뷰는 전부 감독님하고 단장님이 알아서 처리해 주시니까 저는 맘 편하게 훈련에만 집중하면 되는 거죠."

이번에 도핑과 관련해서 결백함이 증명되자마자 한현덕 감독과 박종현 단장이 전면에 나서 주었다.

구단 차원에서 헛소문이 유포되는 걸 막고 자신의 인터뷰도 관리해 주니 이렇게 편할 수가 없었다.

덕분에 지금 자신은 야구에만 전념할 수 있었다.

"지금 중요한 건 그런 게 아니니까요."

"중요한 게 뭔데?"

상진은 씩 웃기만 할 뿐, 아무 말도 하지 않았다.

인재가 그 미소의 의미를 깨달은 건 상진의 다음 등판 일정을 확인한 후였다.

          *   *   *

"이거 과한 기대인걸?"

임경혁 감독은 쓴웃음을 지으면서 보고 있던 인터넷 창을 껐다.

스포츠 뉴스를 보면서 팬들의 반응을 살피던 그를 당혹스럽게 한 것은 한 줄의 평가였다.

─이상진에게 유일하게 득점을 해낸 구단, 인천 드래곤즈 아니냐? 이번에는 무너뜨릴 수 있을걸?

└그게 가능할까? 이상진은 패넌트레이스 끝날 때까지 무실점할 것 같은데?

└그거야 모르지. 지난번에 드래곤즈 타율은 씹망이었잖아?
지금은 팀 타율이 2할 중반이 넘어간다고.

└최자석도 마찬가지지. 최근 한 달 타율이 4할이잖아!

이상진에게 유일하게 점수를 빼앗은 구단이라는 기대가 부
담스러웠다.

그래서 이번에 리턴매치를 하면서 이상진을 무너뜨릴지도 모
른다는 기대를 받고 있었다.

"그때 자석이가 홈런을 친 게 독이 돼서 돌아오는구만."

"그래도 그때는 이기려고 사력을 다하지 않았습니까."

"애들이 괜히 부담을 가지지 않았으면 좋겠는데."

이상진의 기세는 마치 폭주하는 코끼리 떼를 연상케 하고
있었다.

과거 한국 프로 야구를 통틀어 이 정도의 기세를 보여 준 선
수는 그리 많지 않았다.

하지만 아직 임경혁 감독의 자존심은 당시 전설로 남았던
선수들과 이상진을 비교하는 걸 용납하지 않았다.

"그러고 보니 전력분석팀끼리 서로 미팅을 가졌다고 하던
데."

"이례적이지만 몇몇 구단에서 이상진을 분석한 자료를 보내
왔지. 이게 그 자료야."

임경혁 감독은 책상 앞에 놓인 파일철을 흔들어 보였다.

코치들도 그 안의 내용이 뭔지 알고 있었다.

문제는 그걸 알아도 별 도움이 되지 않는다는 점이었다.

"게다가 컷 패스트볼이라니."

"아직 두 번밖에 던지지 않았지만 의외의 한 수로 통할 정도의 수준은 되어 보였습니다."

영상으로 봐도 실전에서 제대로 써먹기엔 아직 숙련도가 부족해 보였다.

하지만 코치들의 말대로 임경혁 역시 의표를 찌를 만한 수준은 되어 보인다고 생각했다.

"가끔 던지던 희한한 공도 있던데 그건 어떤가?"

"그건 자세히 모르겠습니다. 구종 자체는 투심이나 포심, 체인지업처럼 확실하면서도 공끝이 묘하게 휘어지는데 뭔가 이상진만의 던지는 방법이 따로 있지 않나 싶습니다."

결국은 무엇 하나 확실한 게 없다는 말이다.

임경혁 감독은 골치 아프다는 표정으로 서류를 책상 위에 탁 내려놓았다.

"결국은 또 힘으로 밀고 가야 하는 건가 싶네요."

"그래도 타선 응집력이 지난번보다 좋아졌으니 기대해 볼 만하지 않겠습니까?"

확실히 3~4월에 부진했던 타선은 6월에 들어서면서 연일 폭발하고 있었다.

이번 주 경기에서만 해도 4경기 동안 43득점을 할 정도로 무시무시했다.

폭격이라고 해도 과언이 아닌 수준이었다.

특히 지난주에 부산 타이탄즈가 3연패를 하며 너덜너덜해지지 않았던가.

작년에는 한국시리즈만 우승했지만, 올해는 통합 우승을 향해 나아가고 있었다.

이 기세라면 이상진을 짓밟을 수 있지 않을까.

이런 희망도 살짝 품고 있었다.

*   *   *

인천 드래곤즈.

이번 시즌 들어서 처음으로 점수를 빼앗아간 구단이자 자다가도 벌떡벌떡 일어나게 만드는 원흉이었다.

이제 경기 시작 시간이 거의 다 되자 상진은 사인을 해 주던 걸 멈추고 안으로 들어갔다.

팬들과의 경계를 나누던 펜스 쪽에서 자신의 이름을 연호하는 걸 들으며 들어온 상진은 바로 육포 하나를 입에 물었다.

"이제 팬들한테도 소문이 다 났더라."

"먹는 거요? 그래서 그런가. 요새 부쩍 선물이 늘어나긴 했네요."

팬들이 선수들에게 보내오는 선물이 있었다.

다른 선수들에게는 미니어처를 만들어서 주기도 하고, 쿠션 같은 거나 혹은 수건을 선물하는 팬들도 있었다.

그런데 상진에게 오는 선물의 비율은 먹을 것들이 압도적으로 높았다.

"그래도 하루이틀이면 다 먹을 수 있으니까요."

"그걸 먹는 너도 참 대단하다. 그러고 보니 SNS에다가도 그렇게 써 났더라."

"아아, 그러긴 했죠. 조만간 먹방을 해 보라는 이야기도 하던데요?"

야구만 하던 상진으로서는 인터넷 방송을 보기는 했어도 어떻게 하는지는 자세히 몰랐다.

한 번쯤 해 볼까 하고 세팅 방법을 찾아보기는 했어도, 너무 복잡해서 일단 포기했다.

나중에 시즌 끝난 다음에 진환을 불러다가 시켜 볼까 싶기는 했어도, 지금은 할 마음이 없었다.

"먹방? 그건 또 뭔데?"

"형도 요새 문물을 좀 받아들여 봐요. 구단에서도 요새 인터넷 방송 한다고 영상 찍어 가잖아요."

"아, 맞다. 그랬었지? 그래서 뭔데?"

"구단에서 플레이 영상이나 연습 영상 같은 거 올리는 것처럼 직접 인터넷 방송 켜 놓고 먹는 걸 보여 주는 거예요."

"그런 게 뭐 돈이 되냐?"

"되나 본데 저는 잘 모르겠어요."

돈이 얼마나 되는지도 자세히 알지는 못한다.

다만 버는 사람들은 생각보다 많이 번다는 것 정도만 알고 있을 뿐.

하지만 지금 자신의 관심사는 그런 데 없었다.

"지금은 우선 인천 드래곤즈한테 복수하는 게 중요하니까요."

"그래. 그리고 선발이 누구인지도 알고 있지?"

"루이스 선수가 아닌데 좀 아쉽긴 하지만."

어차피 뛰어넘어야 할 상대 중 하나가 오늘의 상대로 등판한다.

안 그래도 뉴스에서도 이미 떠들고 있었다.

「국내 최고 선발 대결, 좌완의 김강현과 우완의 이상진」

「메이저리그의 주목을 받고 있는 김강현, 어떤 모습을 보여 줄 것인가」

「6월 들어 0점대 자책점을 기록하고 있는 두 선발의 만남」

「내년 올림픽의 국내 원투 펀치로 낙점되나」

지난번에 만났던 루이스와 다시 자웅을 겨뤄 보고 마음은 굴뚝같았다.

하지만 이런 상대도 나쁘지 않았다.

아니, 오히려 환영할 만했다.

메이저리그에 도전, 혹은 스카우터들의 관심을 받았던 투수였고, 아직도 받고 있었다.

무엇보다 더 중요한 건.

"오늘도 스카우터들이 왔대요?"

"늘 관찰하러 온다고 하더라. 꾸준히 주시하고 있는 모양이야."

과거 그가 팀 선배인 유형진의 라이벌이라는 소리를 들었던 선수이기 때문이다.

"그럼 잘됐네요."

"뭐가?"

상대 투수를 관찰하는 것만이 아니다.

아시아를 관할로 두고 있는 메이저리그의 스카우터들은 먼저 목표를 정해 둔다.

그리고 목표를 관찰하면서 여유가 된다면 그 경기에 함께 뛰고 있는 다른 선수들도 관찰한다.

"오늘 인천 드래곤즈는 좀 안됐네요."

"이놈은 무슨 말을 자꾸 앞뒤를 잘라? 왜? 메이저리그 스카우터들이 김강현이 아니라 너한테 관심이라도 줄 것 같아서 그럴 거 같아?"

상진은 자신만만하게 웃으면서 자리에서 일어나 그라운드로 나아갔다.

이제 곧 경기가 시작할 시간이었다.

"오늘이 누구의 쇼케이스가 될지는 두고 봐야 할 일이잖아요?"

*   *   *

되로 주고 말로 받는다는 말이 있다.

빚을 주면 이자도 받는 법이다.

그리고 상진은 생각보다 깐깐한 채권자였고, 상대도 만만찮은 채무자였다.

"스트라이크! 타자 아우우우웃!"

경쾌한 소리와 함께 공수 교대 신호가 울려 퍼졌다.

양 팀의 선발투수들이 무시무시한 호투를 펼치며 1회를 순식간에 삭제해 버렸다.

둘이 합쳐서 20구도 던지지 않았다.

―양 팀 선발투수들의 기세가 무시무시합니다!

―두 선수가 마치 경쟁이라도 벌이듯 1회에 맞이한 타자들을 전부 삼진으로 잡아냈습니다!

―처음에 예상했던 대로 오늘 경기는 투수전으로 흘러갑니다.

예상과 다르지 않은 전개였다.

양 팀 감독들은 공수 교대를 하는 선수들을 바라보며 얼굴을 굳혔다.

두 팀 다 선발을 무너뜨리지 않으면 오늘 승리할 수 없었다.

그리고 선발을 무너뜨릴 방법도 없었다.

"이것 참."

한현덕 감독은 생각보다 강력한 김강현의 구위에 고개를 절레절레 흔들었다.

고속으로 날아오는 슬라이더는 여전히 위력적이었다.

하지만 모든 구종을 고루고루 섞어 던지는 상진도 만만찮았다.

"임경혁 감독도 여기까지는 서로 예측했을 테고."

오늘 라인업을 보면 최자석이 4번에 배치되어 있었다.

그렇다는 건 3번까지 쉬지 않고 아웃카운트를 잡으리란 걸 알고 있었다는 뜻이다.

"그래서 최자석을 4번에 배치했을 테니."

"별수 있나요? 알고 있었으니까요."

2회 초 수비를 위해 그라운드에 나가려던 상진은 씩 웃었다.

오늘 라인업을 누구보다도 유심히 봤던 자신이었다.

그들을 어떻게 상대할지 머릿속으로 몇 번이나 시뮬레이션을 돌려봤다.

자신의 능력을 정확히 알고 상대를 정확히 파악한다.

그걸 기초로 경기를 상상해 내는 건 누구보다도 자신이 있었다.

마운드에 올라온 상진은 타석에 서 있는 최자석을 노려봤다.

[상대방의 포식 포인트가 표시됩니다.]

[타자의 포인트는 147입니다.]

요새 타격 폼이 좋아져서 그런지 지난번보다 포인트 수치가 올라 있었다.

하지만 딱히 신경 쓰지 않았다.

타자를 사냥을 하고 잡아먹으면 그만이니까.

무엇보다 지난번에 홈런을 맞은 기억을 잊을 수 없었다.

"스트라이크!"

경쾌하게 아래로 떨어지는 체인지업은 완벽하게 최자석의 타이밍을 빼앗았다.

상진은 떨떠름한 표정을 짓는 타자를 보며 즐거운 미소를 지었다.

바로 저런 표정을 볼 때마다 즐거워졌다.

저 표정을 볼 수 있다는 게 바로 포식자로서 누릴 수 있는 당연한 권리였다.

지난 일주일 동안 경기를 돌려 보면서 다른 타자들이 자신의 무엇을 의식하는지 역으로 생각해 봤다.

그리고 최근 컨디션이 좋은 타자들은 히팅 포인트를 앞으로 끌어내며 아직 꺾이지 않은 슬라이더와 투심, 그리고 포심 패스트볼을 한꺼번에 노려 왔다.

'너도 별다를 것 없구나.'

패스트볼 타이밍에 맞춰서 휘둘렀던 최자석의 머쓱한 표정을 보며 상진은 다시 공을 고쳐 쥐었다.

무슨 생각을 하는지 훤히 들여다보일 정도였다.

그리고 마침 재환이 보내온 사인도 자신의 생각과 똑같았다.

"스트라이크!"

이번에는 패스트볼이 들어올 거라고 생각했는지 최자석이 다시 한번 헛스윙을 했다.

그의 두 번째 헛스윙을 이끌어낸 공은 아까와 같은 체인지업이었다.

오늘 컨디션은 매우 좋았다.

1회에 세 타자를 연속 삼진으로 잡아내며 10구로 끝내 버렸을 때도 좋다고 생각했다.

하지만 지금, 최자석의 생각이 마치 손에 잡힐 듯이 보이는 지금이야말로 오늘 컨디션이 얼마나 최절정에 이르렀는지 보여주고 있었다.

'마지막은 네가 원하는 대로 던져 주마.'

최자석은 자신의 패스트볼을 원하고 있다.

상진은 심술궂게도 상대가 가장 원하는 패스트볼로 아웃 카운트를 잡을 생각이었다.

이미 두 번이나 체인지업에 타이밍을 뺏겼던 터라 150킬로미터에 달하는 패스트볼에 쉽게 대응할 수 없었다.

게다가 바깥쪽에 꽉 차게 들어오니 그로서도 손쓸 도리가 없었다.

배트에 빗맞은 공은 허공에 떠올랐다.

그리고 얼마 나아가지 못하고 위로 뻗은 상진의 글러브 안으로 빨려들어 갔다.

"아웃!"

이상진은 더그아웃으로 돌아가는 최자석을 보며 씩 웃었다.

지난번의 빚은 확실하게 갚았다.

그래도 아직 이자가 남아 있었다.

                    *   *   *

　─양 팀 선발투수들의 호투가 5회까지 이어졌습니다!
　─정말 빠른 템포로 진행되는 경기입니다. 5회까지 진행되는
데 한 시간도 채 걸리지 않았습니다. 역대 최소 시간을 경신할지
도 모르는 페이스네요.
　─김강현 선수와 이상진 선수 모두 8삼진을 거두며 대결 양상
을 이어 갑니다.

　두 팀 모두 죽을 맛이었다.
　선발투수들이 미쳐 날뛰는데, 타자들은 뭔가 할 수가 없었
다.
　그나마 다행스러운 건 양 팀 모두 실책이 하나도 없단 점이
었다.
　"미치겠군. 안타를 고작 두 개밖에 못 쳐 내다니."
　상진과 강현 각각 안타를 두 개씩 얻어맞았다.
　그래도 득점과 연결되지 않았고 경기는 더욱 스피드하게 흘
러갔다.
　그리고 상대 팀 더그아웃을 흘끗거리는 강현의 낯빛도 썩 좋
지 않았다.
　"감독님은 이렇게 되실 거라 생각하셨나요?"
　"예상은 했는데, 정말 이렇게 될 줄은 몰랐지."

임경혁 감독은 허허 웃으면서 입술을 잘근잘근 씹었다.

이상진을 무너뜨릴 방법을 몇 가지 시험해 봤지만, 안타 두 개를 뽑아내는 게 고작이었다.

게다가 당할 것 같으면 귀신같이 알아채고는 바로 패턴을 바꿔 버렸다.

그나마 유일한 불안 요소라고 할 수 있는 게 바로 투구 수와 체력이었다.

하지만 지금 상진의 얼굴에는 지친 기색조차 보이지 않았다.

"스태미너를 보강한 걸까."

"시즌 중에요? 여간 미치지 않고서야 그런 짓을 할 수 있을 리가 없잖습니까."

기초 체력 훈련은 생각보다 사람의 몸을 혹독하게 단련해야 한다.

특히 선발로 뛰기 위해 최소 6회까지 버틸 몸을 만드는 건, 불펜으로 시즌을 준비하는 것과는 전혀 다른 문제였다.

이번 시즌 초반에도 불펜 투수로 몇 경기를 뛰었던 이상진이 한창 시즌 중에 선발로 뛸 몸을 만드는 건 자살행위에 가까웠다.

예전에도 불펜과 마무리로 뛰다가 중간에 선발로 전환한 선수가 있긴 했다.

하지만 베테랑 중의 베테랑이라고 불렸던 그 선수도 선발로 전환하자마자 체력적인 문제를 드러내며 무너졌었다.

"먼저 준비해 뒀다면 가능하겠지."

임경혁 감독은 이상진이 미리부터 준비했었을 가능성을 배제하지 않았다.

스프링 캠프 때와 시범 경기 때 이상진의 구속과 구위가 이미 증가한 상태였다.

지금은 시즌이 계속되고 날씨가 따뜻해지면서 몸상태가 더욱 올라왔다고 보면 지금 기량도 납득하지 못할 정도는 아니었다.

"스프링 캠프와 시범 경기 때 그 정도의 구속과 구위였다면, 어느 정도 발톱은 감춰 뒀다고 봐야겠지."

"숨겨 놨던 건 구속과 구위만이 아니라는 말씀이군요."

"시즌 초반에 불펜으로 던져서 선발로 전환됐을 때 체력적인 문제는 겪었겠지. 하지만 그것도 점점 시간이 지나니 익숙해진 모양이야."

처음에 체력적으로 떨어지는 모습을 보였던 이상진은 이제 너무 여유로워 보였다.

그의 투구를 지켜보면서 강현은 글러브 안에 있는 공을 만지작거렸다.

강했다.

마치 메이저리그에 가기 직전 유형진을 보는 듯한 기분이었다.

그때도 그와 라이벌로 관계를 맺으며 함께 기록을 겨루고 계속 싸웠다.

지금은 메이저리그에 가 버려 직접 대결할 수 없어서 약간의 갈증마저 느꼈었다.

그걸 오늘 화끈하게 풀어내고 있었다.

"재미있네요. 그럼 오늘은 계속 달려 보는 건가요?"

"자신 있어?"

"투구 수 제한만 풀어 주신다면 얼마든지요."

예전에 수술하고 재활했던 경력 때문에 강현은 오늘 경기에 투구 수 제한이 걸려 있었다.

감독의 허락만 있다면 얼마든지 정면으로 승부해 보겠다는 자신만만한 말에 임경혁은 고개를 끄덕였다.

"허락하마. 오늘은 마음껏 던져 봐라."

                    *   *   *

[경고: 투구 수가 80을 돌파하여 체력이 10 하락합니다.]

7회가 끝난 지금 투구 수는 82개가 됐다.

이마에 흐르는 땀을 닦으며 고개를 들자, 아까 붉게 물들었던 하늘이 슬슬 까맣게 변하고 있었다.

전광판과 경기장을 비추는 불빛을 둘러보며 얼굴을 살짝 찌푸리고는 다시 시선을 내렸다.

그리고 얼굴이 잔뜩 굳은 채 타석에 서는 최자석이 보였다.

'기분이 상한 얼굴이네. 그럴 만도 하지만.'

처음에는 플라이, 두 번째는 삼진을 당하며 아무것도 못 하고 물러났다.

요 근래 4할이 넘는 타율을 자랑하며 불방망이를 휘두르고 있던 타자가 아무것도 못 하고 돌아서기만 했다.

'이런 상황에서 자존심이 상하지 않는다면 야구 선수가 아니지.'

예전에 최자석을 상대하며 만날 때마다 홈런을 처맞았던 기억을 떠올리면 그 심정이 이해가 갔다.

그때를 생각하니 지난번 홈런 맞은 걸 갚아 주는 것만으론 부족한 게 아닌가 싶었다.

'나중에 갚을 빚은 나중에 생각하고.'

지금은 우선 노려야 했다.

"파울!"

초구부터 적극적으로 나섰다.

아까도 히팅 포인트를 앞으로 가져오긴 했지만, 지금은 더욱 앞으로 끌어냈다.

공이 변화하기 전에 치겠다는 의지가 뚜렷하게 보이는 타격 자세였다.

이 정도로 유연한 타격을 할 줄 몰랐지만, 대책이 없는 건 아니었다.

"파울!"

최자석은 미치고 환장할 노릇이었다.

공이 변화를 일으키기 전에 최대한 앞에서 치려고 노력했다.

하지만 그렇게 적극적인 타격을 하려고 해도 타이밍이 맞지 않았다.

"파울!"

분명히 같은 패스트볼이었다.

하지만 구속이 달랐다.

'분명히 똑같은 패스트볼인데도 체감상 10킬로미터는 차이나는 것 같은데.'

전광판을 보자 자석의 추측을 증명이라도 해 주듯 구속이 표시되어 있었다.

2구째 던진 패스트볼은 148킬로미터였고 방금 전 패스트볼은 140킬로미터였다.

같은 포즈로 같은 구종을 던지는데 전혀 다른 구속이 나오다니.

믿을 수 없었지만 믿어야 했다.

3구째도 패스트볼이라 생각하고 휘둘렀는데, 구속의 차이 때문에 헛스윙이 되지 않았던가.

"파울!"

다시 한번 1루심의 팔이 올라가며 파울이 선언됐다.

빠르게 라인을 벗어나는 타구를 보며 한숨을 쉰 최자석은 입술을 깨물었다.

자신의 사고를 읽힌다고 해도 본능적으로 공에 맞추려고 휘두르니 그나마 커트는 가능했다.

그때 다리를 들어 올리며 투구 동작에 들어서는 상진을 보자마자 직감했다.

＊　　　　＊　　　　＊

최자석은 그렇게 쉬운 상대가 아니었다.

벌써 4구째 커트를 해내고 있었다.

카운트는 투 스트라이크 노 볼로 유리했다.

하지만 비록 빗맞기는 했어도 배트에 공이 닿았다는 사실은 불쾌하기 짝이 없었다.

매번 필살의 의지로 던졌는데도 최자석은 끈질기게 달라붙었다.

'빌어먹을 정도로 끈질기네.'

상대가 그만한 능력을 가지고 있단 사실은 이미 알고 있었어도 투덜거릴 수밖에 없었다.

'이번 공으로 끝내 버린다.'

그립을 고쳐 쥐면서 상진은 시스템을 불렀다.

표시되는 스테이터스와 스킬을 확인하며 입술을 깨물었다.

[사용자: 이상진]

―체력: 93(−30)/100

―제구력: 94(−10)/100

―최고 구속: 시속 154(−9)킬로미터

―평균 회전수: 2,387(−80)RPM

―보유 구종: 포심 패스트볼(A), 커브(A), 슬라이더(A), 체인지업(A), 투심 패스트볼(B)

—보유 스킬: 먹어서 남 주냐, 먹을 때는 개도 안 건드린다, 일찍 일어나는 새가 먹이도 많이 잡는다, 둘이 먹다가 하나 죽어도 모른다, 맛있게 먹으면 0칼로리

—남은 코인: 3

조용히 숨을 골랐다.

유리한 카운트는 잊어버리자.

공 하나로 모든 게 끝나 버린다고 생각하자.

상진은 마음을 가다듬었다.

지금 자신은 사냥감을 노려보고 있는 하나의 사냥꾼이다.

그립의 감촉을 느끼며 오늘의 구심이 스트라이크를 주던 존의 위치를 재확인했다.

[〈먹을 때는 개도 안 건드린다〉 스킬을 발동합니다.]

언제나 상대 타자를 확실하게 잡아내는 데 사용하는 스킬이 오늘만큼 든든할 수는 없었다.

구종은 포심 패스트볼.

상진은 최자석이 원하는 구종으로 아웃 카운트를 잡아내며 철저하게 압도할 생각이었다.

그리고 상진의 손을 떠난 공은 최자석의 배트를 피하며 존 안으로 파고들었다.

"스트라이크! 타자 아웃!"

"좋았어!"

마운드 위에서 터져 나온 상진의 포효가 경기장 전체를 쩌렁

쩌렁 울렸다.

이상진의 폭격은 8회 초에 올라온 인천 드래곤즈의 클린업을 짓밟았다.

이어서 8회 말 충청 호크스의 공격을 틀어막으려 등판한 김강현은 식은땀을 흘렸다.

그는 같은 팀 선수들의 타격을 믿고 있었다.

그래서 자신이 상대 타선을 제압한다면, 언젠가 타자들이 이상진을 제압하리라 생각했다.

그 생각은 반만 맞았다.

"스트라이크! 타자 아웃!"

─김강현 선수가 오늘 10번째 삼진을 기록합니다!
─이것으로 양 팀 선발투수들이 전부 두 자리 수 삼진을 기록하는군요!

먼저 8회 초를 끝내고 내려간 이상진은 아직도 어깨를 보호하고 있었다.

9회에도 등판할 의지를 불태우는 걸 보니 질 수 없었다.

그래도 조금은 신경 쓰이는 게 있었다.

강현은 잇소리를 내며 왼쪽 팔을 감싸 쥐었다.

'팔꿈치가 따끔거린다.'

투구 수가 많아지면 가끔 이런 증상을 느낄 때가 있었다.

참지 못할 정도로 아픈 건 아니지만, 공을 던질 때 미묘하게 신경 쓰일 정도의 감각이었다.

"파울!"

방금 전에도 하마터면 장타로 이어질 뻔했다.

우익수 옆 파울 라인 안에 떨어지는 공을 보며 가슴을 쓸어내렸다.

공을 던질 때 쿡 하고 팔꿈치를 찌르는 통증에 잠깐 주춤해 버렸다.

실투를 던지긴 했어도 타자가 당황한 덕분에 파울로 넘어갈 수 있었다.

'지독한 녀석.'

이쯤 되면 이상진이 존경스러울 정도였다.

어깨와 고관절에 팔꿈치까지 연달아 수술을 하며 재활 기간으로만 거의 9개월을 소모했던 전력이 있었다.

그런데도 회복해서 지금의 자신과 대등한 경기를 펼치고 있다.

불사조라는 별명이 헛된 게 아니라고 생각하면서 혀를 내둘렀다.

'그래도 질 수는 없지.'

이렇게 생각하며 공을 던지던 강현은 아차 싶었다.

잡념이 섞이고 집중력이 떨어진 건 그렇다 쳐도, 아까처럼 팔꿈치를 쿡 찌르는 듯한 감각에 그만 힘을 덜 주고 말았다.

실투가 된 공은 덜 빠르고 덜 회전했다.

그리고 상대는 공교롭게도 상대 팀의 타자 유망주인 정은일
이었다.

—중견수와 좌익수 사이를 관통하는 2루타!
—정은일 선수가 오늘 처음으로 득점권에 나갑니다!

타선이 약한 충청 호크스라고 해도 정은일은 상위 타선에
있는 타자.

기대를 받고 있는 만큼 여지를 주면 안 되는 타자였다.

페이스를 조절한다고 해도 설렁설렁 대할 수 없었는데 방심
했다.

게다가 은일도 벼르고 또 별렀었다.

조금 전에 실투를 한 번 놓쳤던 은일에게 두 번째 실투도 놓
치는 건 불명예를 떠나 자기 자신에 대한 모욕이었다.

               *   *   *

"짜슥이."

2루 베이스를 밟고 더그아웃을 향해 두 팔을 번쩍 들어 올
리는 은일을 보며 호크스의 선수들은 전부 웃음을 터뜨렸다.

그리고 상진도 씩 웃고는 대기 타석으로 나가는 대균을 바
라봤다.

"대균이 형, 잘 부탁해요."

"어? 잘 부탁한다면 지금 타석에 서는 선준이한테 해야 하는 거 아니냐?"

오늘 2번 타자로 출장한 오선준이 안타를 쳐준다면 가볍게 1점을 낼 수 있었다.

하지만 상진은 상대 팀 선수들을 분석하는 것 이상으로 팀 동료들의 능력을 잘 알고 있었다.

"선준이 형한테 어떤 매커니즘으로 오는 공을 칠지 알려 주긴 했지만, 콘택트 능력이 절대적으로 부족해요. 안타를 쳐 준다면 다행이지만 은일이가 2루에 나간 시점에서 점수를 낸다면 대균이 형뿐이에요."

호크스의 레전드로 이름 높은 대균은 은퇴하면 영구결번도 가능한 유일한 선수였다.

외야로 전향한 정건우가 슬럼프를 겪고 2루에 가 있는 지금, 팀에서 믿을 수 있는 몇 안 되는 타자였다.

에이징 커브를 맞아 성적이 급하락하고 있어도 그건 마찬가지였다.

대균은 호크스 선수들의 정신적인 지주였다.

"그래서 뭘 노리면 되는데?"

"슬라이더요."

"슬라이더는 김강현의 최고 무기 아니야? 그걸 노리라고?"

김강현은 150킬로미터에 달하는 패스트볼과 포크볼처럼 땅에 처박힐 듯이 꺾이는 슬라이더가 주 무기였다.

올해도 두 구종의 구사율을 합치면 80퍼센트를 넘기고 있었다.

자주 던지는 만큼 자신감이 있을 테지만, 대균은 다른 부분을 경계하고 있었다.

"스플리터나 커브를 던지진 않을까?"

"스플리터는 올해 커브보다 구사율이 떨어져요. 최후의 최후에나 꺼내 들겠죠. 무엇보다 제구가 잘된다면 김강현의 슬라이더는 쳐도 땅볼이 되는 게 대부분이에요."

"제구가 잘 된다면?"

"네. 방금 전에 은일이를 상대하면서 실투가 나왔어요. 제구가 불안정해졌다는 말이죠. 팔이 불편한 모양인데, 또다시 실투가 나온다면 높게 날아오는 슬라이더를 노리는 게 가장 좋아요."

사실 대균은 스플리터나 커브 쪽을 좀 더 경계하고 싶었다.

하지만 상진의 다음 말에 고개를 끄덕였다.

"제구가 잘 안되고 불안한 상황이면 자신이 가장 주 무기로 쓰는 공을 던지고 싶어질 거예요."

이건 자신의 경험담이기도 했다.

타자에게 공을 얻어맞고 불안해지면 꼭꼭 숨겨 놓았거나 혹은 가장 강력한 무기로 이닝을 끝내고 싶어진다.

그건 김강현이나 자신뿐만이 아니라 거의 대다수의 투수들이 마찬가지다.

"스플리터나 커브, 아니면 체인지업 말고 다른 구종이 나올 가능성은 없을까?"

대균이 대기타석에 나가자 재환이 슬그머니 다가와서 말했다.

그 이야기에 상진은 고개를 가로저었다.

"형도 잘 알잖아요. 김강현 선수의 투구 폼이 어떤지."

"새로운 구종을 익히기에 적합한 투구 폼이 아니라는 거? 알기는 아는데 혹시나 하는 거지."

상당히 역동적인 포즈로 공을 던지기에 부상 위험이 높다는 염려를 받아 왔다.

그리고 그에 비례해서 팔꿈치를 과하게 쓰는 구종을 던지기 힘들었다.

그나마 요새 자주 쓰는 게 커브 정도였다.

물론 그것 외에도 근거는 하나 있었다.

김강현은 데뷔 이후 계속해서 최정상급 투수로 군림해 왔다.

그러면서도 꾸준히 발전해 왔고 메이저리그의 관심도 받아 왔다.

그는 여태까지 타자를 잡아먹는 포식자였다.

여태까지 그에게 당해 온 사냥감은 포식자가 무슨 무기를 쓸 줄 알면서도 그걸 피하지 못했다.

그렇기에 김강현은 무기를 감추지 않았다.

"그러면 어쩔 수 없는 거고요. 예상할 수 없는 걸 꺼내면 얌전히 무승부 해야죠."

"짜슥. 어떻게든 무실점으로 다 틀어막을 생각이구나?"

"당연하죠."

패배를 언급하지 않고 무승부를 말한다는 건 오늘 승부에서 점수를 주지 않겠다는 말과도 같았다.

12회 연장전까지 던지는 건 무리더라도 최소 9회까지 막을 자신은 있었다.

[경고: 투구 수가 90을 돌파하여 체력이 10 하락합니다.]

이런 시스템 메시지는 조금 거슬렸다.

물론 남은 게 9회뿐이니 홀가분했다.

그리고 더욱 홀가분해졌다.

"와아아아!"

"대균이 형!"

"은일아! 돌아돌아돌아! 돌아! 달려!"

3루에 있던 주루 코치는 죽어라 팔을 돌렸다.

중견수 앞에 떨어지는 안타였지만, 공이 배트에 맞는 순간 2루에서 출발한 은일은 이미 3루를 돌고 있었다.

중견수가 잡은 공은 중계를 거치지 않고 바로 포수를 향해 날아갔다.

그걸 잡고 몸을 돌린 포수는 은일을 향해 글러브를 가져갔다.

"세이프!"

"와아아!"

안타를 치고 1루에 안착한 대균도, 홈에 들어와 포수와 충돌하면서까지 홈베이스를 손으로 짚고 있는 은일도.

더그아웃의 펜스에 매달려 환호하는 호크스의 선수들도.

그리고 관중석의 팬들까지 전부 환호하며 고함을 질러 댔다.

"호크스의 아이돌! 귀염둥이! 정은일! 우와아악!"

"김대균! 역시 너밖에 없다!"

아슬아슬한 1점을 내준 김강현이 어깨를 축 늘어뜨리는 모습이 눈에 들어왔다.

임경혁 감독은 1점을 내주자마자 바로 그를 교체했다.

추가점을 내지 못하고 8회 말이 끝나고 9회 초가 되었다.

마운드에 오르는 이상진을 향해 관중들의 환호성이 쏟아졌다.

"이상진! 이상진!"

그들의 환호를 받으며 상진은 글러브 안의 공을 만지작거렸다.

[〈둘이 먹다가 하나 죽어도 모른다〉 스킬을 발동합니다.]

이제 마무리를 지을 시간이다.

더 많은 공이 필요하지는 않았다.

그저 던지고 아웃을 잡아내는 단순한 작업이 끝났을 때, 이상진의 투구 수는 딱 100개였다.

―이상진 선수가 오늘 100구로 완봉 승을 달성합니다!

―인천 드래곤즈의 타선이 아무것도 하지 못했습니다. 요새 기세가 좋았는데, 이상진 선수에게 꼼짝없이 당해 버렸습니다!

―마지막에 나온 김강현 선수의 실투가 아쉽습니다. 어느 쪽

이 승리해도 이상하지 않을 좋은 투수전이었습니다!

상진은 경기가 끝나자마자 더그아웃에서 튀어나와 물을 뿌리며 환호하는 동료들을 마운드 위에서 반갑게 맞이했다.

*   *   *

「이상진의 괴력이 일구어 낸 완봉 승!」
「투수 명가 호크스의 끊겨졌던 국내 선발 계보가 이어진다」
「혼신의 100구, 혼신의 완봉 승 이상진의 성장은 어디까지?」

충청 호크스의 홈구장은 말 그대로 대폭발했다.

오늘 경기를 처음부터 끝까지 손에 땀을 쥐고 지켜봤던 팬들은 이상진의 이름을 연호했다.

그건 경기가 끝나고 선수들이 퇴장했음에도 마찬가지였다.

팬들은 자리에 일어서서 풍선과 응원 도구를 흔들며 이상진을 불렀다.

너무 시끄러워서 헤드셋을 쓰고 있음에도 수훈 선수 인터뷰가 어려울 정도였다.

"후우, 엄청나네요."

"이게 전부 네가 만들어 낸 광경이야."

경기장 밖으로 나오면서도 팬들의 외침은 끝나지 않았다.

그들은 목말라하고 있었다.

과거 90년대를 풍미했던 투수들의 전설이 끊어졌단 사실에 안타까워했다.

유형진의 메이저리그 진출 이후로 에이스 투수를 끝없이 갈구했다.

9이닝 무실점 3피안타 11탈삼진 무볼넷.

오늘 이상진은 몇 년에 걸쳐 목말라해 온 팬들의 갈증을 충족시켜 주는 완벽투를 보여 줬다.

"사인해 주세요!"

"자자, 이상진 선수는 지금 몹시 지쳐 있습니다. 다들 조금만 자제해 주세요."

"이상진 선수! 꺄아악!"

"악수! 왼손이라도 좋으니까 악수 한 번만 해 주세요!"

하나 스태프의 말과는 달리 상진은 그들을 지나치지 않았다.

발걸음을 멈춘 이상진은 웃으면서 팬들의 손을 잡아 주고 내미는 종이나 유니폼에 펜으로 사인을 해 주기 시작했다.

"자자, 다들 천천히 받아 가세요! 어디 도망 안 갑니다!"

유니폼에 사인을 해 주고 악수도 하면서 상진은 계속 웃고 있었다.

웃을 수밖에 없었다.

지금 이 광경이야말로 상진이 그토록 염원하던 광경 중 하나였다.

재활을 하고 1군에 복귀해서 던지며 얼마나 많은 비난을 받았던가.

아마 그때 먹은 욕만으로 200살까지는 가뿐히 살 수 있을지 몰랐다.

팀에 민폐 끼치지 말고 나가서 기술이나 배우라는 말부터 시작해서 자신과 가족에 대한, 차마 눈 뜨고 볼 수 없는 욕설까지 전부 감내했다.

"이상진 선수! 저도요!"

"이봐! 밀지 마! 밀리잖아!"

"서로 밀지 마세요! 시간 되는대로 해 드리겠습니다!"

"이상진 선수! 잘 생겼어요!

뒤에서 동료 선수들이 지나가는 걸 흘끗거리면서도 상진은 계속 사인을 했다.

몇 년 동안 기피당했던 설움을 오늘 다 풀어 버리기라도 하듯 펜을 멈추지 않았다.

"감사합니다!"

"저도 해 주세요!"

이번에는 어린 아이였다.

상진은 웃으면서 자신의 이름이 마킹되어 있는 유니폼을 입고 있는 아이의 등에 사인을 해 주었다.

실은 100구나 던졌고, 9회까지 계속 던져서 피곤했다.

하지만 이렇게 사인을 해 주는 데 보람을 느꼈다.

"상진아! 이제 가야지?"

"저는 따로 갈게요! 먼저 가세요!"

"인마! 그 정도 던졌는데도 팔 안 아프냐? 사인해 줄 힘이 있어?"

"쌩쌩합니다! 밤새서 사인해 줄 수도 있으니까 얼른 가요!"

다른 선수들도 주차장에서 팬들에게 사인을 해 주기는 했다.

하지만 이곳에 모인 사람들이 대부분이 상진의 사인을 받으려고 와 있었다.

벌써 20분째 사인을 해도 몰려든 사람은 줄어들 기미가 보이지 않았다.

"그쪽에 계신 분. 얼굴 기억해 놨는데 두 번 받으면 안 됩니다."

그럼에도 상진은 사인을 하고 또 했다.

그의 얼굴은 어느 때보다 활짝 웃고 있었다.

웬만해서
그놈을 막을 수 없다

상진의 사인 퍼레이드는 인터넷에서 바로 화제가 됐다.

게다가 팬 중 한 명이 그걸 풀 영상으로 촬영해서 더욱 화제가 됐다.

무려 한 시간 30분을 넘기면서 진행된 간이 사인회 영상은 곧바로 조회 수가 폭발하며 야구 커뮤니티 전체에 퍼져 나가기 시작했다.

—연봉도 적게 받고 옵션으로 전부 걸어 놓은 데다가 팬 서비스도 좋고. 겁나 부럽다, 부러워.

ㄴ예전에는 돈 주면서 데리고 가라고 할 때는 언제고?

ㄴ그때는 그때고 지금은 지금이지!

┗팬 서비스 하나도 안 해 주는 놈들보다 훨씬 낫다!

안 그래도 얼마 전에 한국 프로야구는 팬 서비스로 논란이
많았다.

가뜩이나 메이저리그를 평정하고 있는 유형진마저도 팬 서비
스 문제로 구설수에 오른 적이 있었다.

그러니 한 시간 넘게 팬들의 곁에 머무르면서 사인 요청을
대부분 받아주는 선수의 영상은 폭발적인 반응을 얻을 수밖에
없었다.

그것마저도 자의로 끝낸 게 아니었다.

피곤할 테니 나중에 받자며 팬들이 다른 사람들에게 자중하
도록 요청하며 끝났다.

더 해 주려고 하던 이상진도 팬들이 자중하며 자신을 보내
주려고 하자 쓴웃음을 지으면서 펜을 내려놨다.

─어떤 놈들은 사인해 달라고 해도 눈길 한 번 주지 않고 가더
니, 이상진은 대단한데?
┗성적 안 좋은 시절부터 사인해 달라고 하면 한 명도 안 놓치
고 다 해 주더라.
┗그때는 해 달라고 하는 사람도 없지 않았나?
┗지금도 사람 많아져도 쌩까지 않는 건 똑같은데?

순식간에 이상진에 대한 재평가가 이루어지기 시작했다.

올해 성적이 좋아지기 시작하면서 몇 번이나 평가가 올라가는지 모를 일이었다.

더불어 구단에서도 즐거움을 감추지 못했다.

"역시 트레이드 건을 거절하기 잘했어."

"만약에 트레이드했으면 무슨 소리를 들었을지 두렵네요."

사장이 제안하는 트레이드를 받아들였다면 두고두고 욕을 얻어먹었을 일이었다.

박종현 단장은 가슴을 쓸어내리면서 웃음을 터뜨렸다.

불펜 투수나 야수들의 성적이 썩 좋지 않아도 5위 승부는 계속 이어 나가고 있었다.

가을 야구에 대한 희망을 놓치기 어려운 점이 그나마 위안인 점에서 이상진을 통해 스토리텔링도 하고 있었다.

작년보다 늘어나는 관중의 수를 볼 때마다 웃음이 절로 나왔다.

"일정은 잘 잡히고 있나?"

"예. 그리고 이상진 선수와 김대균 선수, 정건우 선수 등 주축 선수들도 전부 흔쾌히 승낙했습니다."

"이상진도 의외지. 그날 선발로 출장하는데도 승낙할지는 몰랐거든."

팬 사인회를 하면 보통 그날 선발인 선수는 빠지는 일이 잦았다.

그날 경기에 집중하기 위해서, 그리고 컨디션 조절을 위해서였다.

그런데 이상진은 팬 사인회를 한다는 걸 알자마자 선발임에도 하겠다고 나섰다.

구단 입장에서도 거절할 이유는 없었다.

"그런데 지난번에 이상진 선수가 곤욕을 치렀다고요?"

"본인이 즐기는 것 같았으니 곤욕까지는 아닙니다. 팬들한테 1시간 넘게 사인을 해 줬다고 하더군요."

"1시간?"

그 말에 박종현 단장도 의외라는 표정을 지었다.

보통 팬들이 사인을 요구해도 출퇴근 시간 때 잠깐 해 주는 정도였다.

길어 봤자 10분에서 20분 정도였는데, 1시간 넘게 사인을 해 줬다는 건 뜻밖이었다.

"이상진 선수는 괜찮답니까?"

선발로 100구나 던지고 9회까지 완봉해 낸 선수였다.

게다가 과거 부상 경력이 있어서 아직 불안했다.

그런 선수가 경기가 끝나고 사인까지 무리하게 했다니.

걱정이 되지 않을 리가 없었다.

*   *   *

"으으으."

오늘 구장에 나오지 않아도 된다는 말을 들었다.

그래도 상진은 버릇대로 아침에 일어났다.

기지개를 켜고 침대에서 일어나 가볍게 몸을 풀던 상진은 한숨을 쉬었다.

너무 익숙한 패턴에 이제는 놀랍지도 않았다.

"퇴근 안 해요?"

"이제 할 생각이다."

"아니, 그 전에 왜 왔어요?"

일어나는 상진을 놀라게 할 생각으로 기다리고 있던 영호는 이제 너무 태연하게 받아치는 모습에 맥이 빠졌다.

상진은 그런 얼빠진 저승사자는 아랑곳하지 않고 냉장고에서 어제 먹다가 남은 샌드위치를 꺼내 들었다.

"그냥 얼굴이나 보러 왔지."

"에이, 싱겁게시리. 난 또 지난번처럼 스킬이나 코인 같은 거 들고 온 줄 알았죠."

"그런 게 원한다고 펑펑 쏟아지냐!"

상진은 영호의 어처구니 없어 하는 얼굴을 옆으로 하고 탁자에 마주앉았다.

어깨를 으쓱거리면서 깐족거리는 모습에 영호는 이마를 손으로 짚었다.

"그럼 됐고요."

"하아, 그냥 어제 경기를 봤다."

"오? 나의 멋진 모습을 잘 구경했어요?"

"그렇게 자화자찬하는 모습을 보니까 한 대 때려 주고 싶다만. 막 야구를 알게 된 나도 하나는 알겠더라. 잘하더라."

"그러니까 스킬이나 코인을 내놓으라고요."

"이게 얼마 전까지 도핑인가 아닌가로 의기소침해하던 놈 맞냐?"

도핑으로 의심 받을 때와 지금을 비교하면 텐션이 너무 차이 났다.

조울증이 아닌가 의심하고 싶을 정도였다.

"그때는 혹시나 했으니까요. 아닌 걸로 판명 났으니 신나게 이용하고 신나게 써먹어야죠."

"하아, 염라대왕님. 제가 전생에 무슨 잘못을 했다고 이런 놈하고 엮이나이까."

"뭔가 잘못을 하긴 했으니 저승사자나 하고 있겠죠."

"저승사자가 무슨 잘못을 해야 하는 일인 줄 아냐?"

"아님 말구요."

"하여튼 한마디도 안 지려고 하네."

이제는 이러는 것도 너무 익숙해져서 덤덤했다.

그래도 가끔은 재미있었다.

특히 날이 갈수록 영호의 야구 지식이 늘어나는 게 신기하기도 했다.

"그런데 진짜 왜 온 거예요?"

"말했잖아. 어제 경기 봐서 감상평 이야기하러 왔다고. 진짜 잘 던지던데? 그런데 왜 상대 팀에서 그렇게 못 치는 거냐?"

"그거야 공이 꺾이니까요."

이런 걸 보면 야구에 대해서 완벽하게 알려면 아직 멀어 보였다.

*　　　*　　　*

다음 선발은 6월 29일, 토요일이었다.

그리고 구단에서 팬 사인회를 여는 날이기도 했다.

시즌이 한창 진행 중인데도 이렇게 자신들을 위한 대규모 행사를 열었다는 점에 팬들은 환호했다.

하지만 반대로 걱정하는 여론도 있었다.

—오늘 이상진 등판일인데 사인하다가 지쳐서 못 던지는 거 아니야? 저번에도 1시간 동안 했다던데.

ㄴ고작 이런 거로 못 던지면 투수냐?

ㄴ그래도 염려되는 건 맞잖아.

ㄴ부상 경력이 어디 가겠냐? 조만간에 퍼질듯.

ㄴ이 새끼! 너 어디냐? 어디 팬이길래 그따구로 지껄여?

이상진이 떨쳐 내지 못하는 것이 있다면 바로 과거의 부상 경력이었다.

얼마 전에 도핑과 관련된 기자회견을 거치며 공개된 몸 상태는 최상의 컨디션이었다.

하지만 부상을 당한 선수는 같은 부위에 다시 부상을 입을 확률이 높다는 것도 학계의 정설이다.

"압도적인데?"

"줄을 어떻게 조정은 해 봤는데 전부 몰리네요."

올해 압도적인 퍼포먼스를 보여 주는 이상진에게 몰릴 것은 어느 정도 예상했었다.

그래서 구단 직원들이 온갖 노력을 기울이며 팬들을 다른 선수들 쪽으로 분산 배치 해 놓았다.

하지만 그래도 너무 많은 수의 팬들이 이상진의 앞에 줄을 서 있었다.

"자자! 밀지 마시고 순서를 지켜 주세요!"

"꺄아악! 이상진 선수!"

"어? 이상진 선수? 거기서 뭐 하시는 겁니까?"

아직 시작 시간이 되려면 멀었는데 상진은 벌써 자기 자리에 앉아서 사인을 해 주고 있었다.

"사인회 시작은 두 시부터인데?"

팬들조차도 아직 시간이 되지 않았는데 사인을 시작하자 당혹스러워했다.

그래도 상진은 그냥 웃으면서 꿋꿋이 사인을 해 줬다.

유니폼의 등이나 배 부분, 그리고 내미는 종이나 혹은 준비해 온 경식야구공에 펜으로 이름을 적으면서 연신 미소를 지어주었다.

"이상진 선수! 아직 시간 안 됐어요!"

"저도 압니다. 그래도 더 많은 분들께 해 드리려면 먼저 시작하는 게 좋잖아요?"

그 말이 맞긴 했는데 전혀 본 적 없는 광경이었다.

사인 요청이 없다면 선수들은 웬만해서 사인을 잘해 주지 않는다.

팬들이 먼저 다가오는 경우는 많아도 선수가 먼저 다가가는 경우는 거의 없다.

그런데 지금 그들의 눈앞에 그런 광경이 펼쳐지고 있었다.

"네가 이렇게 일찍 나와서 하면 우리는 뭐가 되냐?"

"뭐가 되긴요. 시간 맞춰서 나오는, 약속 잘 지키는 남자가 되는 거죠."

"약속 잘 지키는 남자하고, 약속보다 일찍 나오는 남자하고 누가 더 인기가 많겠냐?"

"야구에서 약속이 무슨 상관이에요. 당연히 실력 좋은 남자죠."

서로 농담을 주고받으면서 각자의 자리에 앉자 본격적인 사인회가 시작됐다.

사진을 찍길 원하는 팬들과 악수를 원하는 팬까지.

상진에게도 팬들에게도 즐거운 시간이었다.

"이거 선물이에요."

"하하, 또 먹을 거네요."

"먹으면서 하시잖아요?"

마운드 위에 서서 관중석을 바라볼 때도 비슷한 기분이었다.

다만 그때는 관중들과 자신의 거리가 상당히 떨어져 있었다면, 지금은 주위를 빼곡하게 에워싸고 있었다.

이것만큼 행복한 시간이 어디에 있을까.

"이상진 선수, 이것 받으세요."

"아, 감사합니다!"

팬들이 준비해 온 선물은 각양각색이었다.

그중에는 이상진의 모습을 따서 직접 만든 인형이나 쿠션도 있었다.

하지만 가장 많은 건 역시 음식이었다.

사인을 하면서도 상진은 연신 옆에 놓이는 음식들을 보며 난감한 표정을 지었다.

그나마 음료수나 쿠키 같은 종류는 어찌어찌 가능했지만, 치킨이나 피자 같은 큰 크기의 음식들은 처치가 곤란했다.

상진이 난감해하자 팬들은 재미있다는 듯 웃으며 소리쳤다.

"이상진 선수! 먹으면서 사인해 주셔도 돼요."

"먹는 모습 보여 주세요!"

오히려 상진이 먹는 모습을 보길 원하는 팬들이 절대 다수였다.

덕분에 상진은 이것저것 뜯어 먹으며 사인도 하고 악수를 청하는 팬을 위해 손을 수차례 닦으며 눈코 뜰 새 없었다.

"와, 진짜 엄청나게 먹는다."

"손이 쉬질 않는데?"

팬들의 감탄 속에 옆에 앉아서 사인을 하던 인재가 보다 못한 나머지 한마디 했다.

"야, 경기 시작 전에 그렇게 먹어도 되겠냐?"

"상관없어요. 저는 먹는 걸 좋아하거든요."

[단백질류 섭취가 확인되므로 1포인트를 획득합니다.]

하지만 이렇게 사정없이 먹어 대는 게 오히려 도움이 되는 상진은 어깨를 으쓱거릴 뿐이었다.

물론 팬들에게는 그것조차도 하나의 여흥거리였다.

"저게 네가 얘기했던 인터넷 방송이냐?"

"맞아요. 나중에 나도 저런 거나 해 볼까."

인터넷 생방송을 하는 사람들이 휴대폰 동영상으로 촬영하고 있었다.

처음에는 별로 대단하게 생각하지 않았는데, 저렇게 사람들이 떠들고 지금 촬영까지 하는 걸 보니 왠지 관심이 가기도 했다.

하지만 그것도 나중에 비시즌 기간에나 생각해 볼 일이다.

오늘 사인을 하면서 상진의 머릿속을 채우고 있는 건 '오늘 맞붙을 강동 챔피언스를 어떻게 상대할까'였다.

'인천 드래곤즈만큼은 아니지만, 챔피언스도 요새 타격이 물이 올랐지.'

팀 타율 3위를 달리고 있는 만큼 방심할 만한 상대는 아니다.

어젯밤 챔피언스의 데이터를 전부 머릿속에 집어넣어 놓았다.

상진은 드래곤즈를 상대했던 지난번만큼 철저하게 주의를

기울였다.

"이상진 선수. 시간 다 됐습니다."

"벌써요? 조금만 더 할게요."

"그거까지만 해 주세요. 감독님께서 찾으십니다."

그 말에 상진은 어쩔 수 없다는 표정을 지으며 바로 앞에 있는 여성 팬에게 사인을 해 주고 가볍게 포옹을 했다.

이미 다른 동료 선수들은 다섯 시가 넘어감에 따라 하나둘씩 자리를 뜨고 있었다.

상진은 약간 뻐근한 오른팔을 움직여 보면서 자리에서 일어났다.

"그러면 나중에 또 뵙겠습니다."

"와아아! 이상진 선수! 오늘 꼭 이기세요!"

"하하, 감사합니다. 혹시 이거 남은 거는 다른 선수들하고 나눠 먹어도 되나요?"

"네! 꼭 먹어 주세요!"

"오늘 안으로 먹어 보도록 노력하겠습니다."

이렇게 농담을 하면서도 상진은 팬들이 사 온 치킨을 한입에 넣었다.

닭다리를 입 안에 넣었다가 뼈만 빼내는 진기명기에 팬들은 박수를 치면서 환호했다.

"악수라도 해 주세요!"

상진은 연신 고개 숙여 인사를 하며 라인을 따라 경기장 안으로 향했다.

가는 길에도 팬들의 요청에 따라 하이파이브를 하거나 악수를 하는 일을 멈추지 않았다.

팬들은 조금이라도 더 상진의 얼굴을 보러 계속 앞으로 비집고 나왔다.

그리고 구단 직원들은 비지땀을 흘리며 팬들을 막아섰다.

"아!"

"어어?"

"조심해!"

어영부영하던 사이 뒤에서 계속 앞으로 밀려 나오던 팬들 때문에 그만 쳐 놓은 펜스가 무너졌다.

그리고 악수를 하며 지나가던 선수들을 덮치고 말았다.

"으아악!"

"이상진 선수!"

붕괴되는 사람의 벽에 휩쓸린 사람 중에는 오늘의 선발, 이상진도 있었다.

*   *   *

—6월 28일의 하늘은 맑게 개었습니다. 오늘 충청 호크스에서 팬 사인회를 비롯하여 팬들을 위한 행사를 열어서 그런지 관중들이 가득합니다.

—오늘 이상진 선수의 등판일이라 더 그런 것 같습니다.

아나운서들은 별다른 말을 하지 않았다.

팬 사인회에서 사람들이 밀려 쓰러졌고, 앰뷸런스까지 출동할 정도였던 소란은 어느새 해프닝으로 끝나 있었다.

하지만 관중들의 웅성거림과 현장에 있던 사람들이 올린 인터넷 게시물이 가져온 파급효과는 이루 말할 수 없었다.

—이상진이 사람들한테 깔렸다면서?

ㄴ진짜냐?

ㄴ나도 봤어. 사람들하고 악수해 주면서 지나가다가, 사람들이 쓰러지는 바람에 깔렸어.

ㄴ그럼 오늘 선발 등판은 어떻게 되는 건데?

ㄴ부상! 부상은 없나?

팬 사인회에서 벌어진 사고는 충청 호크스의 팬만이 아니라 전 구단의 관심을 받았다.

팔을 다치지 않았다고 해도 오늘의 일이 컨디션에 영향이 없으리라 생각할 수는 없었다.

무엇보다 상대 팀인 강동 챔피언스는 난감했다.

"허허, 난감하구만."

"부상이 있든 없든 경기에 출전한다는 것 자체만으로도 논란이 될 테니까요."

"한현덕 감독도 골치 아프겠네."

챔피언스의 장종석 감독은 허허 웃으면서 연습하고 있는 선수들을 바라봤다.

선수들도 아까 일에 대해 들었는지 캐치볼과 배팅 연습을 하면서 서로 이야기를 나누고 있었다.

반면 충청 호크스의 더그아웃 분위기는 착 가라앉아 있었다.

"진짜 괜찮아?"

"어디 아프지는 않고?"

"난 괜찮아요. 다들 연습할 거나 해 두세요."

상진은 더그아웃에 앉아서 웃으며 나가 보라는 손짓을 했다.

하지만 평소라면 벌써 캐치볼을 하며 어깨를 가볍게 달구고 있어야 했다.

그답지 않고 더그아웃에 앉아 있는 모습에 선수들은 마음속을 스멀스멀 채우는 불안감을 느껴야 했다.

"정말 괜찮은 거냐? 안 좋으면 이야기해라."

"몸 상태는 상관없어요. 던질 수 있습니다."

사람들에게 깔린 충격이 조금 남아 있긴 했어도 경기 시작 전까지 회복할 수 있을 것 같았다.

공을 던져야 하는 오른팔도, 공을 받아야 하는 왼팔도.

그리고 스텝을 밟아야 하는 양다리 모두 이상은 없었다.

"이상이 있으면 바로 사인을 보내라. 아니면 재환이가 체크해서 알려 주든가."

"알겠습니다, 감독님."

최재환까지 나서서 그러니 상진은 쓴웃음을 지으면서 어깨를 으쓱거릴 뿐이었다.

이제 명실상부 팀의 에이스로 자리 잡은 지금, 철저하게 관리받고 있었다.

그래도 자신을 향한 관심이 싫지만은 않았다.

다만 마음에 걸리는 게 하나 있긴 했다.

"진짜 괜찮은 거지? 당장은 괜찮더라도 던지다 보면 이상이 있을 수 있으니 조심해라."

"사실대로 얘기해도 돼요?"

"해 봐."

"화장실 좀 다녀올게요."

팬 사인회를 하면서 화장실을 한 번도 못 다녀왔다.

그런데 팬들이 주는 엄청난 양의 음료수와 음식들을 계속해서 먹어 댔다.

"사람들이 겁나 많은데 계속 둘러싸서 괜찮으냐고 물으니까 가지도 못했어요."

뿌우웅.

"야, 연습하러 가자."

"이게 인간의 냄새냐, 화학 병기냐."

"병기가 아니라 변기겠지."

타이밍 좋게 나온 방귀에 코칭스태프를 비롯한 선수들은 전부 더그아웃 밖으로 대피했다.

*   *   *

"어후, 냄새가 남아 있는 거 같아."

전면이 개방되어 있는 더그아웃에 들어오면서 선수들은 동시에 이맛살을 찌푸렸다.

곳곳에 구리구리한 냄새가 남아 있는 기분이었다.

그리고 한결 개운해진 얼굴로 더그아웃에 돌아온 상진은 기지개를 켰다.

"크으. 고향에 돌아온 기분이야."

"고향은 고향인데 너무 시골틱한 거 같아서 사양하련다."

전부 고개를 흔들며 넌덜머리를 냈다.

그렇게 더그아웃을 파란의 현장으로 바꾸어 놓은 상진은 자신의 자리에 가서 앉았다.

'뻐근하네.'

아까의 일로 인한 여파가 아예 없지는 않았다.

그리고 몸에 받은 충격을 무효화시켜 주는 그런 기능은 시스템에 없었다.

가볍게 스트레칭을 하면서도 상진은 쓴웃음을 지었다.

'어차피 할 수 있는 데까지 하는 거지.'

투수는 컨디션이 좋지 않아도 던져야 한다.

공을 던져서 경기를 망칠 것 같은 수준이 아니라면, 마운드에 오르는 것은 투수에게 숙명과도 같다.

무엇보다 오늘 경기를 순순히 넘겨줄 수는 없었다.

"자, 그러면 이제 슬슬 가 보실까?"

"정말 괜찮은 거냐?"

재환은 아직도 걱정스러운지 넌지시 물었다.

그도 포수 생활을 10년 넘게 했던지라 부상이 있으면서도 아무렇지도 않다는 듯 행동하는 투수를 숱하게 봤다.

그리고 조금 쉬면 괜찮을 부상을 크게 키우는 선수도 봤었다.

"직접 받아보면 알 거 아니에요?"

"그래. 어디 한번 공이나 던져 봐라. 대신에 아니다 싶으면 너한테 안 묻고 바로 벤치에 신호 보낼 테니까 그렇게 알아."

한현덕 감독 역시 걱정스러운 얼굴이었다.

과거 팀을 떠나 있었기에 당시 감독의 전횡을 막지 못하고, 이상진이 말 그대로 갈려 나가는 걸 막지 못했었다.

그 외에 상진과 함께 야구를 해 온 코치들과 선수들 일부도 약간의 죄책감을 느꼈었다.

이번에는 억지로 던지겠다고 해도 이상하다고 생각되는 순간 바로 강판시킬 생각이었다.

"그것참 걱정도 팔자십니다."

"요새 성적이 좀 좋아졌다고 나댄다?"

"그거야 야구 선수는 성적이 전부니까요."

그러니까 계약도 그렇게 했다.

연봉을 많이 받는 선수도 그동안 좋은 성적을 쌓았기에 그만큼 기대를 받고 대우를 받는다.

자신은 그만큼 성적을 쌓지 못했기 때문에 앞으로 쌓을 수 있는 성적에 담보를 걸어야 했다.

　과거에 쌓아 온 성적으로 대접받는 것과 미래에 쌓을 성적을 담보로 대접받는 것.

　어느 쪽이 100퍼센트 옳다고 할 수는 없다.

　하지만 자신이 선택할 수 있는 길은 이것뿐이었다.

　"그럼 오늘도 승리를 향해서 가실까요?"

　"오냐. 오늘도 너만 믿는다."

　한현덕 감독은 하이파이브를 해 주며 상진의 등을 손바닥으로 짝 소리가 나게 때렸다.

　등에서 얼얼한 감촉과 함께 화끈한 열기를 느끼며 상진은 그라운드 위로 걸어갔다.

　애국가가 울려 퍼지고 여러 가지 시작 전 절차가 끝나자 심판이 경기 개시를 알렸다.

　"플레이볼!"

　그리고 상진의 팔은 채찍처럼 휘어지며 힘차게 공을 뿌렸다.

　"스, 스트라이크!"

[154km/h]

　심판마저도 말을 더듬을 정도로 강렬하게 날아온 패스트볼은 오늘도 150을 넘는 구속을 전광판에 새겨 놓았다.

＊　　　＊　　　＊

　―이상진 선수가 1회를 가볍게 정리하고 내려갑니다.

—그러고 보니 오늘 팬 사인회에서 사고가 있었다고 들었는데
요.

—팬들이 너무 많이 몰려서 울타리가 무너졌다고 합니다. 부
상자가 발생했는데, 이상진 선수가 사람들에 밀려 깔렸다는 이야
기도 있었습니다.

—저렇게 150킬로미터를 넘나드는 공을 뿌리는 걸 보니 몸 상
태는 이상이 없는 모양입니다.

지난번 만났을 때 안타를 쳤던 이정우를 포함해서 1번부터
3번까지 공 11개로 가볍게 정리했다.

그리고 더그아웃으로 돌아오며 1루 관중석에서 자신의 이름
을 외치는 관중들을 향해 두 팔을 위로 뻗어 보였다.

"여러분! 이상진 선수의 이름을 외쳐 주세요!"

"이상진! 이상진!"

그때 놀라운 일이 벌어졌다.

관중석에서 대략 세 줄 정도 되는 사람들이 동시에 일어나
더니 들고 있던 유니폼을 펼쳐 보였다.

순간 상진은 어안이 벙벙해져 그 자리에 우뚝 멈춰서고 말았
다.

그들이 펼친 유니폼에 새겨진 건 바로 이상진이라는 세 글자
였다.

게다가 위치는 달라도 유니폼에 자신의 사인이 있었다.

전부 오늘 자신의 사인을 받아 간 팬들이었다.

"이상진! 오늘도 삼진 잡는 이상진! 호크스의 불사조 이상진!"

괜히 코끝이 시큰해졌다.

상진은 고개를 슬쩍 숙여 인사를 하고는 더그아웃 안으로 들어갔다.

성적에 따라 바뀌는 게 팬심이라고 한다.

그렇다고 해도 자신의 이름을 외치며 환호하는 관중들이 고맙지 않을 리 없다.

"감동했냐? 감동해서 눈물 나오냐?"

"누가 운다는 겁니까?"

"이런 일이 있으면 카메라가 너 잡고 있겠다."

"젠장. 잡으라면 잡으라고 하죠."

슬쩍 눈가를 훔치면서 상진은 더그아웃 앞 펜스에 자리잡았다.

경기장 여기저기에 있는 카메라가 자신을 잡는 게 느껴졌다.

펜스 앞에서 1번 타자로 나가는 정은일을 응원하는 모습을 보면서 현덕은 조용히 재환을 불렀다.

"어때 보이냐?"

"좋아 보입니다. 컨디션도 다른 때하고 달라 보이지 않네요."

경기 때마다 투수의 공을 받는 재환이었다.

경력이 오래된 포수는 투수의 공을 받아 보기만 해도 그날의 컨디션이 어떤지 쉽게 알아챘다.

재작년에 트레이드되어 팀에 온 이후로 팀 내 투수들과 호흡을 맞추며 주전을 꿰찬 재환의 말이었다.

"멀쩡해 보여서 다행이네."

"그러게 말입니다. 위에서는 뭐라고 하나요?"

"앞으로 팬 사인회에 대해서는 주의하자고 하더라. 뭐, 구단에서도 예상하지 못했던 인파가 몰려서 일어난 사고니까 어쩔수 없었겠지만."

구단도, 선수단도, 코칭스태프들도 그 정도로 많은 인원이 몰릴 줄은 몰랐다.

아니, 정확하게는 이상진에 대한 선풍적인 인기에 대한 이해가 부족했다.

오늘 팬 사인회에 참석할 예상 인원을 2~3천 명 정도로 예상했는데, 그것의 두 배가 넘는 인원이 몰려왔다고 한다.

구단에서 고용한 경호업체에서도 감당하지 못할 정도의 수의 인원이었으니 더 말할 것도 없었다.

"다음에는 주의하겠다고 하더군."

"뭐, 그건 구단에서 잘 알아서 하겠죠. 저희는 야구만 잘하면 되니까요."

그 말이 나옴과 동시에 더그아웃 밖에서 함성이 터져 나왔다.

오늘 충청 호크스의 타선은 1회부터 폭발하고 있었다.

벌써 3점이나 뽑아내고 7번인 자신의 순서까지 돌아올 기미가 보이자 재환은 어깨를 으쓱거리며 자신의 장비를 챙겼다.

　　　　　*　　　　　*　　　　　*

1회에만 5점.

장종석 감독의 얼굴에 낭패가 떠올라 있었다.

상대 팀의 선발은 이상진이라 1점 뽑아내기도 버거운데, 이쪽 선발은 1회에만 5점을 내주었다.

그나마 간신히 1회를 끝내서 망정이지, 하마터면 불펜을 1회부터 투입할 뻔했다.

"벌써부터 이러면 곤란한데."

2회의 선두타자로 나온 박경호도 마찬가지로 난감한 얼굴이었다.

지난번의 맞대결에서 철저하게 박살 났었다.

이상진의 투구 영상을 숱하게 돌려 보면서 이미지 트레이닝을 하고 절치부심하며 공략 방법을 찾았었다.

그런데 팀이 초반부터 점수를 대량으로 실점해 버린 것이다.

이런 분위기를 바꿔야 하는 상황에서 이상진과의 맞대결은 부담스러울 수밖에 없었다.

"벌써부터 이긴 듯이 의기양양한 표정인데."

"5점이나 지원받았는데 저런 표정을 지어도 좀 봐주시죠?"

포수와 잡담을 나누면서 바라본 이상진은 싱글벙글 웃고 있었다.

경호는 그게 마음에 들지 않았다.

5점이라는 점수 지원을 받으면서 의기양양한 표정을 짓는 투수가 너무 마음에 들지 않았다.

"그래도 승리를 날로 먹으려고 하면 안 되지?"

"언제 회나 먹으러 갈랍니까? 오늘도 좋은데, 어때요? 지는 쪽이 쏘는 거로 하죠."

게다가 기세가 올랐다는 듯 앉아서 깐죽거리는 재환도 마음에 들지 않았다.

그래도 이런 일을 대비해서 며칠이나 공들여 이상진을 분석했다.

이상진의 분석력에 대해서는 많은 이야기를 들었다.

하지만 자신 역시 메이저리그에 갔다 왔고, 그곳의 시스템을 체험해 봤으며, 투수를 분석하고 공략하는 데 이골이 난 몸이었다.

메이저리거가 아닌 국내 투수를 상대로 쉽게 물러나고 싶지는 않았다.

그때 경호는 배트를 휘두르려다가 이상한 기분을 느끼고 멈칫했다.

"볼!"

초구가 볼로 들어오자 경호는 등골이 오싹해졌다.

방금 전에 휘둘렀다면 분명히 헛스윙이 됐을 것이다.

중간에 배트를 멈춘 건 천운이었다.

'마음을 꿰뚫어 본다고? 이건 미친 수준이잖아?'

대부분 초구를 스트라이크로 집어넣는다는 건 이미 유명했기에 그걸 노렸다.

적어도 커트라도 해낼 생각인데 그걸 읽었다는 듯 교묘하게 바깥으로 빠지는 슬라이더를 던졌다.

그리고 지난번에 맞대결을 하면서도 느꼈지만 이상진은 자신에게 단 한 번도 포심 패스트볼을 던지지 않았다.

그것도 고려해야 했다.

'포심!'

두 번째로 날아오는 공을 본 순간 경호는 구종이 무엇인지 바로 읽어냈다.

순간적인 동체 시력으로 포착한 상진의 그립과 공의 회전.

그것이 포심 패스트볼임을 포착한 경호는 망설임 없이 힘차게 배트를 휘둘렀다.

따악!

"젠장!"

빗맞았다.

생각보다 높게 들어오는 패스트볼의 아래 부분을 때린 경호는 배트를 집어 던지고 1루로 향해 뛰었다.

하지만 오늘 유격수로 출장한 오선준에 의해 내야 플라이 아웃으로 첫 맞대결은 끝나 버렸다.

더그아웃으로 들어오면서 경호는 입술을 잘근잘근 씹으며 분을 감추지 못했다.

"방금 전 공은 뭐였냐? 패스트볼 아니냐?"

당하기는 했어도, 어떤 공인지는 모르진 않았다.

패스트볼에 삼진을 당했단 사실에 경호는 더그아웃에 앉으며 성질을 부렸다.

물론 아직 경기는 끝나지 않았다.

덤으로 상진에게 챔피언스가 농락당하는 것도.

감정을 정리하고 후배들을 응원하려고 더그아웃 앞으로 나온 경호는 상진의 다음 공을 보고 자신도 모르게 외쳤다.

"이런 쓥! 저게 저렇게 들어간다고?"

그렉 매덕스를 닮고 그를 뛰어넘고 싶다.

무엇보다 성장을 마친 자신과 키가 똑같다는 점에 흥분하기까지 했었다.

그는 알아 가면 알아갈수록 상진은 더욱 야구에 빠져들었다.

영상으로만 접하는 그의 모든 것을 훔치고 자신의 것으로 만들고 싶었다.

"스트라이크!"

타자로 나온 임경욱은 날아오는 공에 움찔 놀라면서 몸을 피했다.

그리고 순간 눈을 의심했다.

분명 몸으로 날아오는 공이라고 생각해서 뒤로 피했다.

그런데 놀라울 정도의 무브먼트를 보여 주는 공은 바깥쪽으로 꺾이며 정확히 스트라이크존 안으로 들어갔다.

"미친."

어느 팀이든 전력분석팀은 바보가 아니었고, 현재 리그 최고 투수인 이상진에 대한 분석도 철저했다.

그만큼 투심 패스트볼이 점점 좋아진다는 건 알고 있었으며 철저하게 분석도 했다.

그런데도 칠 수가 없었다.

'예전보다 구위가 더 좋아진 것 같네.'

게다가 150킬로미터를 넘는 포심 패스트볼이 자꾸 눈에 거슬렸다.

더 거슬리는 건 패스트볼의 구속을 10킬로미터 이하로까지 끌어내린다는 점이었다.

그래서 패스트볼임을 알고 올바른 스윙을 해도 속도 차 때문에 정타가 되지 않았다.

"스트라이크! 타자 아웃!"

마지막으로 던진 서클 체인지업은 바닥에 처박힐 듯한 낙차를 보였다.

그 공에 경욱은 꼼짝없이 헛스윙으로 물러날 수밖에 없었다.

삼진을 잡으며 상진은 주먹을 불끈 쥐어 보였다.

그때 재환이 일어나서 손짓하는 게 보였다.

"응? 왜 그래요?"

"이닝 끝났어. 들어가자. 좀 전이 9번 타자였어."

삼진을 잡는 데 취해 있어서 3회가 끝난 줄도 모르고 있었다.

전광판을 바라보며 왠지 모를 아쉬움에 입맛을 다신 상진은 더그아웃으로 향했다.

안으로 들어오면서 재환은 어깨를 툭툭 두드리며 웃어 보였다.

"컨디션 괜찮네. 공이 평소보다 좋아."

"그러니까 나는 이상 없다니까요. 아직도 걱정하는 건 아니죠?"

"내가 지구 멸망을 걱정해도 네 몸은 이제 걱정 안 하련다."

혹시나 했는데 상진은 평소 이상의 기량을 보여 주고 있었다.

패스트볼의 구속은 평소처럼 150킬로미터를 뛰어넘고 있었다.

무엇보다 투심 패스트볼과 서클 체인지업의 변화는 평소보다 더 날카로웠다.

오늘 팬 사인회에서 있었던 사고 때문에 걱정했던 게 무안할 정도였다.

"그래서 3회까지는 됐는데 이제부터는 어떻게 할까?"

2회에 안타 하나를 맞았어도 병살타로 처리하면서 3회까지 타순은 한 번밖에 돌지 않았다.

이제부터 두 번째 타석을 맞이하는 타자들이 어떻게 나올지, 그리고 어떤 방식으로 상대할지 의논해야 했다.

"패턴을 바꿀까요?"

"어떻게? 변화구로만? 아니면 패스트볼로만?"

예전에는 상진이 패턴을 바꾼다면 기겁하면서 펄쩍 뛰었다.

하지만 이제는 오히려 흥미가 생겼다.

이놈이 대체 어떤 기상천외한 방법을 떠올릴지 기대가 됐다.

"예전에 결정구로 투심을 주로 썼었던 거, 기억하죠?"

"기억하지. 그래서?"

상진의 입꼬리가 슬쩍 올라갔다.

*　　　　*　　　　*

"스트라이크!"

기가 막힐 정도의 투심 패스트볼이었다.

좌타자의 입장에서는 몸으로 들어오는 듯하다가 스트라이크 존 안으로 꺾여 들어가는 공이었다.

깜짝 놀라서 움찔하면 어느새 스트라이크 콜이 들려왔다.

"미치겠네."

더 미치겠는 건 방금 전 자신이 상대한 3개의 공이 전부 투심 패스트볼이었다.

오늘 2번 타자로 출장한 김규혁은 절망감 비슷한 감정을 맛보고 있었다.

첫 타석 때는 패스트볼과 커브, 체인지업의 화려한 폭격에 당해 버렸다면, 지금은 오로지 투심 패스트볼 하나만으로 농락당하고 있었다.

초구는 몸 쪽으로 날아오다가 존 안으로 들어오는 스트라이크.

2구는 중앙으로 날아오다가 바깥쪽 아래로 뚝 떨어지는 볼.

3구째는 높게 날아오다가 바깥쪽으로 꺾여 떨어지는 스트라이크였다.

공 3개를 상대하면서 규혁은 한 번도 배트를 휘두르지 못했다.

그만큼 예리했고 배트를 휘두를 엄두조차 내지 못하게 만드는 공이었다.

'사인을 줘도 이건 못 친다고요!'

더그아웃에서 자신을 향해 보내오는 사인에 규혁은 넌덜머리를 내며 고개를 흔들었다.

아까부터 투심만 던졌고 다른 구종을 전혀 던지질 않았다.

아마 자신을 상대할 때도 철저하게 투심만 던질 것이다.

하지만 어떤 공을 던질지 알아 봤자.

'칠 수 있어야 치든가 말든가 하지!'

이상진은 규혁의 사정 따윈 봐주지 않고 네 번째 공을 던졌다.

초구와 마찬가지로 몸 쪽으로 오는 공에 규혁은 있는 힘껏 배트를 휘둘렀다.

이번 공도 역시 투심 패스트볼.

결과도 역시 똑같았다.

"스트라이크! 타자 아웃!"

똑같은 투심 패스트볼이라고 해도 스트라이크존 곳곳을 찔러 오니 어떻게 손을 쓸 수가 없었다.

공 4개에 타석에서 끌어내려진 규혁의 얼굴은 시뻘개져 있었다.

그리고 공을 받아 내던 재환은 어리둥절한 표정을 지었다.

'기분 탓인가?'

어차피 구종은 하나로 정해 뒀으니 별로 달라질 건 없었다.

위치만 알려 주고 그곳에 투심 패스트볼을 던지면 그만이었다.

그리고 타자를 땅볼로 물러나게 한 후에 재환은 확신할 수 있었다.

'저 자식, 제구력이 예전보다 더 좋아졌잖아?'

올 시즌 성적이 급상승하기 이전에도 좋았던 상진의 제구력이었다.

예전에는 송곳같이 예리하게 느껴졌었다.

그런데 오늘 경기는 조금 달랐다.

지금은 자신이 사인을 보내 지정한 장소를 향해 바늘만큼 날카롭게 들어왔다.

"스트라이크!"

재환의 생각대로 상진의 제구력은 더욱 좋아져 있었다.

요새 공을 던질 때마다 상진은 스트라이크존을 분할해서 던지는 걸 연습해 왔다.

처음에는 4분할이었다.

스트라이크존을 정확하게 4개로 쪼개서 그곳에서 맞춰 공을 집어넣는 걸 연습했다.

그리고 요새 도전하고 있는 건 6분할이었다.

가로로 둘, 세로로 세 칸으로 나눈 6분할 스트라이크존에 공을 집어넣는 건 생각보다 어려웠다.

하지만 상진은 끊임없이 도전했다.

"스트라이크!"

오늘 경기는 그에 따른 결과물이었다.

투수에게 있어서 원하는 곳에 원하는 공을 집어넣는다는 것만큼 대단한 일은 없다.

그게 150킬로미터를 넘는 패스트볼이든, 회전수가 3천에 달하면서 격렬한 변화를 보이는 변화구든.

그리고 상진은 시스템이 아니라, 자기 자신의 노력에 의해 손에 넣은 이 능력이 더욱 반가웠다.

"스트라이크! 타자 아웃!"

"좋았어!"

*   *   *

4회까지 1안타밖에 얻어 내지 못한 강동 챔피언스는 이를 벅벅 갈고 있었다.

무엇보다 이를 갈고 있는 건 박경호였다.

국내에서 홈런왕을 3년 연속으로 달성했었고, 메이저리그에서 장타력을 인정받기도 했다.

그런데 이상진 하나에게 쩔쩔매고 있는 자신의 모습이 너무 한심해 보였다.

"후우, 투심만 던진다 이거지?"

1루에서 수비를 맡고 있으면서도 계속 이상진을 경계했다.

이제 4회 말이 끝나면 5회 초에 선두 타자로 올라가게 된다.

과연 자신이 올라가도 투심만 던져 댈지 궁금했다.

"스트라이크!"

그리고 박경호의 얼굴이 일그러졌다.

정말로 투심 패스트볼이 들어올 줄은 몰랐다.

그것도 바깥쪽으로 빠지는 듯하다가 안으로 파고들어 오는 투심이었다.

볼인지 스트라이크인지 살짝 헷갈려 치지 않았는데, 다시 생각해 보니 너무 모욕적이었다.

'전 타석에서의 빚을 갚아 주마.'

어떻게든 안타라도 하나 치고 나가야 체면이 설 것 같았다.

그래서 지금 경호는 홈런이나 장타를 노리기보다 단타라도 노렸다.

배트를 짧게 잡아 컴팩트한 스윙으로 전환하고 투심 패스트볼의 궤적을 노렸다.

따악!

생각보다 약간 아래로 내려가는 공은 2루와 3루 사이를 향해 빠르게 굴러갔다.

유격수 오선준의 글러브에 빗맞은 공은 곧장 우익수를 향해 뻗어갔고 경호는 1루에 무사히 안착했다.

"휴우."

안도의 한숨을 내쉬면서도 씁쓸한 입맛이 감돌았다.

메이저리그에서 돌아와 국내에 복귀한 이후로 이렇게까지 긴장한 적은 가을에 포스트 시즌을 치를 때 외에는 없었다.

그만큼 이상진에게 위압감을 느끼고 있었던 사실이 못마땅했고 자존심이 상했으면서 동시에 인정할 수밖에 없단 걸 깨달았다.

하지만 이상진의 공은 별다른 변화가 없었다.

안타를 맞든지 말든지 상관하지 않는다는 태도로 다음 공을 준비했다.

'음? 동요하지 않는다고?'

그동안 이상진은 가벼운 안타라도 맞으면 감정을 밖으로 드러내는 모습을 종종 보였다.

그런데 지금도 그렇고 아까도 그렇고.

안타를 맞았는데도 표정 하나 바뀌지 않고 공을 던지고 있었다.

"스트라이크아웃!"

심판의 콜에 따라 또다시 아웃카운트가 하나 올라갔다.

이번에도 똑같이 투심 패스트볼 4개로 타자를 처리했다.

패턴도 바뀌지 않았다.

마치 무언가 실험이라도 하는 듯한 기분이었다.

'설마?'

혹시나 싶었던 경호는 옆에 있는 1루수 김대균을 바라봤다.

자신과 눈을 마주친 대균의 표정에서 왠지 모를 불길함과 함께 의심이 들었다.

"김대균 선배, 제가 생각하는 게 틀린 거겠죠?"

"밑도 끝도 없이 무슨 소리야?"

"이상진 말이에요. 똑같은 공만 계속 던지는데, 로케이션만 바뀌는 거 아닙니까?"

"나는 모르겠다."

대균은 경호를 향해 씩 웃어 주고는 다시 고개를 돌려 타석에 서 있는 타자에게 집중했다.

그 태도가 경호의 의심을 확신으로 바꿔 주었다.

저건 말 그대로 테스트였다.

투심 패스트볼만 주야장천 던지는 건 쳐 볼 테면 쳐 보라는 뜻이었다.

그럼에도 치지 못하는 건 투구 위치가 바뀌기 때문이었다.

투심의 변화가 심한 건 덤이었다.

'더그아웃에서는 알고 있을까? 내가 컴팩트 스윙으로 안타를 쳤으니 대충은 눈치챘을 텐데.'

박종석 감독은 생각보다 경험이 부족했다.

그래도 경험 많은 코치들과 선수들이 있었다.

흘끗 바라본 더그아웃 안은 이미 부산스러워지기 시작했다.

무엇보다 지금 타석에 서 있는 송상문도 배트를 짧게 잡고 있었다.

'문제는 알면서도 못 친다는 거지.'

이상진의 투심은 변화가 매우 심했다.

약간 변화가 부족했던 단점을 보완한 상진의 투심 패스트볼은 이제 배트 정중앙에 맞추기 매우 어려워졌다.

자신도 빗맞아서 땅볼이 되지 않았던가.

만약 운이 나빠서 내야수 정면으로 갔다면 아웃이 됐을지도 몰랐다.

따악!

바로 지금처럼 말이다.

투아웃이었기에 경호는 배트에 공이 맞는 소리를 듣자마자 죽어라 달렸다.

하지만 정면으로 굴러온 공을 가볍게 캐치한 유격수가 2루를 밟는 모습을 보며 한숨을 쉬며 걸음을 멈췄다.

1회에 5점이나 내준 상황에 타자들의 마음은 급해질 대로 급해져 있었다.

게다가 점수를 내주는 건 멈추지 않았다.

─윌리엄의 투 런 홈런! 충청 호크스가 2점을 더 추가합니다!

─이것으로 오늘 10점을 달성합니다!

─이상진 선수가 7이닝 무실점을 기록합니다!

─이제 퀄리티 스타트는 물론이고, 무실점을 기록하는 게 이상하지 않군요.

이미 10 대 0으로 확실한 승리를 굳힌 호크스는 굳이 상진에게 남은 이닝을 맡기지 않았다.

"이대로 교체한다."

"감독님! 이대로 내보내 주세요! 아직 투구 수도 86개잖습니까!"

"그래도 안 돼. 아까 낮에 있었던 사고가 아주 여파가 없지는 않잖냐."

"전혀 없습니다!"

"네가 없다고 해도 혹시 모르니까. 승기를 잡아 놨는데도 너를 고집할 이유는 없어."

안 그래도 한현덕 감독은 낮에 있었던 팬 사인회 때의 사고를 생각하면 아직도 심장이 벌렁거렸다.

그리고 점수 차이가 이만큼 나는데 굳이 상진을 끌고 갈 이유가 없었다.

'아놔. 포인트를 쌓아야 하는데 좀 끝까지 맡겨 주시지!'

자신을 생각해 준다는데 고집을 부릴 수도 없었던 상진은 아쉬운 마음을 속으로 삭혀야만 했다.

'8회와 9회에 타자가 여섯 명. 한 명당 50씩이라고 쳐도 300포

인트인데 그걸 놓치나. 젠장.'

속으로 구시렁거리면서 포인트를 얻지 못한 설움을 육포와 삶은 계란으로 대신했다.

[승리를 거두어 100포인트가 지급됩니다.]

[포인트 상한 달성으로 1코인을 획득합니다.]

무미건조한 시스템 메시지만이 그나마 경기를 자기 손으로 마무리 짓지 못한 상진을 위로해 주었다.

*   *   *

'더 이상 야구를 할 수 없을지도 모릅니다.'

이런 이야기를 듣고 절망했었다.

제대로 올라가지 않은 팔을 부여잡고 화장실에서 울었던 게 한두 번이 아니었다.

꼭 복귀하겠다고 다짐하며 재활을 시작했지만 그것마저도 순탄치 않았다.

한번 시작된 불행은 끝날 기미가 보이지 않았다.

'팔꿈치 수술이 필요합니다.'

처음에 받은 수술은 고관절과 어깨 수술이었다.

그것만으로도 두 번이나 받았는데 어깨 수술을 마치고 재활에 들어가려는 시점에서 문제가 또 발견됐다.

뼛조각 때문에 생긴 팔꿈치의 염증.

생각했던 것보다 훨씬 심했기에 뼛조각을 제거하는 수술까지 받아야 했다.

　그리고 지옥같은 재활을 끝마치고 복귀했다.

　"어떠냐? 올스타전에 나가는 기분이?"

　그래서 이런 질문을 받았을 때.

　하늘을 나는 듯한 기분이 들었다.

올스타전과 그놈의 기행

　6월에 들어와서 야구팬들에게 가장 관심받는 이야기.

　그건 바로 7월에 벌어지는 올스타전이다.

　한국 프로 야구에서 팬들의 투표로 선발되는 올스타들이 출전하는 올스타전은 전반기와 후반기 중간에 있는 휴식기이자, 팬들을 위한 이벤트다.

　그리고 출전하는 선수를 뽑기 위한 투표는 6월 10일부터 시작해서 이제 막바지에 이르고 있었다.

　"어떠냐? 올스타전에 나가는 기분이?"

　"아직 투표도 안 끝났는데, 뭘 그래요."

　"투표가 안 끝났어도 표를 봐라. 지금 다른 선수들보다 네 득표가 2배 가까이 많아!"

다른 선수들이 투덜거릴 정도로 상진의 득표수는 압도적이었다.

외야수, 1루수, 2루수 등 다른 포지션에서 1위를 달리고 있는 선수들의 평균 득표수는 50만 표 내외였다.

그런데 상진은 혼자 90만 표에 가까운 표를 얻고 있었다.

게다가 선발투수 부문에서의 득표수만 따져도 혼자 80퍼센트에 달하는 표를 차지하고 있었다.

압도적이라는 말이 부족할 지경이었다.

"뭐, 올스타전이면 나름대로 즐겨야 하지 않겠어요?"

"이놈은 이것도 아무렇지도 않게 넘기려고 하네."

"아무렇지도 않긴요. 번외로 주는 경기인데."

가뜩이나 먹는 걸로 포인트를 쌓아도 코인을 얻기 어려워진 지금, 타자를 하나라도 더 잡아먹어야 했다.

그런 와중에 올스타전에 뽑히게 되는 건 환영할 일이었다.

게다가 올스타전에는 리그에서도 내로라하는 선수들이 출전한다.

'적어도 2~3이닝은 던지게 해 주겠지? 타자들도 면면이 뛰어난 선수들뿐이니까 포인트도 짭짤할 테고.'

겉으로 내색하지는 않아도 포인트를 쌓아 올릴 생각에 희희낙락하며 오늘도 연습에 매진했다.

사실 올스타전 출정 경험은 한 번 있긴 했다.

하지만 그건 데뷔하고 첫 번째 해에 신인으로서 좋은 성적을 올리던 시절의 이야기였다.

그 이후로 단 한 번도 올스타전에 출전해 본 적은 없었다.

'여러모로 고생했던 시기지.'

팀에 믿을 만한 선수가 많이 없었기에 출전도 많이 했었다.

사실 그때 일주일 동안 300구 가까이 던지면서 터지기는 했어도 이미 그때부터 몸에 시한폭탄이 장착됐던 셈이다.

그래도 지금은 나름대로 관리를 받고 혹사도 없으며 좋은 코칭스태프도 있다.

비록 선수층이 얇고 우승 가능성은 희박하긴 하지만, 팀을 위해 뛰는 것 자체를 행복으로 여길 만큼 자신은 충청 호크스를 사랑한다.

"이번에 우리 감독님도 올스타전 감독으로 뽑히셨다던데."

"어휴. 저는 쉬고 싶으니까 감독님한테 로비 좀 해야겠네요."

"상진이 너 말하는 거하고 얼굴 표정하고 완전 다른 거 아냐?"

서로 낄낄거리면서 인재는 가볍게 주먹을 부딪쳤다.

그러면서도 아쉽다는 표정은 쉽게 지우지 못했다.

"좋겠다. 나는 올스타전에 언제 나가보냐."

"그러게요. 형하고 같이 나가서 내가 먼저 던지고, 형이 교대하면서 던지면 그것도 재미있을 텐데."

그동안 인재는 올스타전 명단에 뽑히지 못했다.

올해 성적이 생각보다 좋지 않아서 나온 결과니 인재도 아쉬워할 뿐, 별다른 말은 하지 않았다.

상진도 감독님에게 추천을 부탁해 보는 게 어떠냔 말은 꺼내지 않았다.

올스타전은 말 그대로 인기 투표에 가까운 행사다.

그리고 야구 선수의 인기는 간단히 만들어지는 게 아니다.

오로지 실력.

야구 선수의 인기는 성적을 쌓아야 만들어진다.

"내년에는 형도 좀 잘해 봐요."

"인마, 내가 선발로 뛰고 있는데 앞을 가로막는 놈이 한둘이어야지. 그중에는 너도 있어."

"그러면 억지로 끌어내려야죠. 아, 물론 저는 좀 빼고 끌어내려 주세요."

"그건 타자들이 해야 할 일 아니냐?"

서로 티격태격하는 찰나 저 멀리에서 보이는 익숙한 얼굴에 둘은 피식 웃으며 손을 들어 올렸다.

"선배님들, 안녕하세요."

"은일아, 이리 와 봐라."

"왁! 왜 그러세요!"

은일이 가까이 오자마자 상진은 헤드락을 걸면서 장난을 쳤다.

이제 2년 차를 맞이한 젊은 2루수 역시 선배들이 왜 그러는지 알기에 맞춰 주면서 웃음을 터뜨렸다.

"인재 형도 못 나가는 올스타전에 나가게 생겼더라?"

"왁! 그건 상진 선배님도 똑같잖아요!"

"나하고 너하고 똑같냐! 그래서 기분은 어때?"

이번에 팀 내 젊은 2루수이자 팀의 미래라고 불리는 정은일도 올스타전 멤버로 주목받고 있었다.

이미 2루수 부문에서 꽤 지지를 받고 있어서 올스타전 출전은 확정된 셈이나 마찬가지였다.

"어, 음."

"그냥 솔직하게 말해라. 나 신경 쓰지 말고."

"좋기야 좋죠. 팬들 투표로 나가게 되는 거니까요."

"짜슥이 신경 쓰지 말랬다고 진짜 신경 안 쓰네."

헤드락을 풀어 주면서 상진은 씩 웃었다.

여름이 되면서 동료 선수들이 서서히 지쳐 가는 게 눈에 띄었다.

이제 데뷔 2년 차인 녀석이 144경기를 풀로 뛰어 봤을 리가 없다.

그 말은 시즌 중 체력을 관리하는 법을 모른단 뜻이다.

그래서 가장 걱정되는 건 바로 이 녀석이었다.

"넌 요새 안 힘드냐? 시즌 치르다 보면 이제 슬슬 체력이 떨어질 때인데."

"안 그래도 요새 약간 힘들어요. 그래도 지금 부상자가 너무 많잖아요? 어쩔 수 없죠."

생각보다 어른스러운 면에 상진은 저절로 미소를 지었다.

사실 지난번에 하주식이 부상을 당한 데 이어, 유격수와 2루수로 뛸 수 있는 강학경도 부상으로 이탈했다.

그나마 2군에서 강태현이 올라오긴 했어도 실력은 아직 1군

수준에 못 미쳤다.

키스톤 콤비로 뛸 수 있는 주전급이 거의 없는 상황에서 아직 어린 녀석의 어깨에 올려진 부담은 꽤 컸다.

"올스타전 기간에 쉴 수 있게 해 두면 좋겠지만."

"안 돼요. 저는 꼭 올스타전에 나가고 싶거든요."

이미 올스타전의 출장이 확실시되는 분위기에서 무를 수도 없는 일이다.

하지만 이렇게까지 두 눈을 반짝이면서 기대하면 그 이야기를 할 수도 없는 노릇이다.

'감독님한테 한번 말씀드려 봐야 할까.'

은일이는 지금도 주전이지만 나중에는 팀의 기둥이 될 재목이었다.

상진은 체력 안배를 부탁하러 감독실로 발걸음을 옮겼다.

그때는 몰랐다.

그게 재미있는 나비효과로 돌아올 줄은.

*   *   *

대구 스타즈와의 7차전 경기를 보며 상진은 더그아웃에서 육포를 뜯었다.

늘 그렇듯 선발로 하루를 버티고 나면 남는 시간은 체력을 회복하며 이렇게 경기를 구경했다.

"다음 공은 아무래도 슬라이더로 올 것 같은데."

"아까도 그러다가 틀렸잖아."

"이번에는 100퍼센트 확실해요."

6회까지 2실점으로 막아 내고 퀄리티 스타트를 달성한 인재는 더그아웃에서 축 늘어진 채로 투덜거렸다.

오늘 상대하는 대구 스타즈의 투수들이 무얼 던질지 예상해 보는 작업을 하던 상진은, 갑작스러운 감독의 교체 지시에 살짝 놀랐다.

"2루수 정은일을 강태현으로 교체한다."

"은일이를?"

점수는 5 대 2로 3점 차.

슬슬 정은일의 체력 안배가 필요한 시점이라고 생각했었다.

그런데 오늘 경기, 지금과 같은 타이밍에서 교체할 줄은 몰랐다.

"괜찮을까요?"

"괜찮든 그렇지 않든 일단 체력 안배는 해 둬야 하니까. 그리고 오늘 안색도 안 좋고."

경기에 출전하기 전까지만 해도 멀쩡했었다.

그런데 6회를 지나가면서 약간 하얗게 질리며 체력이 바닥나기 시작했다.

뭔가 더 뛰고 싶었는지 불만스러운 표정을 짓던 은일은 이내 코칭스태프의 결정에 고개를 끄덕이고는 더그아웃에 들어와 앉았다.

"수고했다. 이거나 마셔."

"감사합니다. 그런데 괜찮을까요?"

"괜찮든 아니든 일단은 해야지. 태현이도 조금은 경험도 쌓아봐야 하고."

상진의 얼굴이 살짝 어두워졌다.

예전에 자신도 2군을 자주 왔다 갔다 했었다.

과거 자신의 실력으로 1군에 매달려 있을 수 있던 건, 2군의 실력이 절대적으로 부족하기 때문이다.

지금 1군에 콜업되어 투입된 강태현도 정말 아슬아슬할 정도의 실력이다.

아마 오늘 뭔가 보여 주지 않는다면 바로 2군으로 돌아갈지도 모른다.

그런데 막상 수비에 들어가자마자 일이 벌어졌다.

"아!"

"이런!"

수비를 하던 도중 슬라이딩을 하던 주자와 충돌이 벌어졌다.

정확히 베이스를 향하던 슬라이딩이었는데, 경험이 부족했던 태현이 방향을 잘못 잡으며 일어난 충돌이었다.

"앰뷸런스!"

"의사 불러와!"

정강이를 부여잡고 뒹굴고 있는 선수를 향해 뛰쳐나가면서도 충청 호크스의 더그아웃은 패닉에 빠졌다.

"이거 난감하군. 일단 큰 부상이 아니면 좋겠지만."

큰 부상이 아니길 기원하는 것과 경기를 마무리 짓는 건 달랐다.

그런데 호크스에서 키스톤 콤비의 백업으로 들어갈 수 있는 선수가 없었다.

그렇다고 내야 경험이 아예 없는 선수를 넣을 수도 없는 노릇.

"누구를 넣어야 합니까?"

태현이 그라운드 위에서 들것에 실려 나가는 광경을 보며 송신우 코치가 넌지시 물었다.

하지만 한현덕 감독도 난감하단 표정으로 어깨를 으쓱할 뿐, 쉽게 대답하지 못했다.

2루수 백업인 강학경도 부상.

유격수 주전이었던 하주식도 부상.

게다가 백업으로 1군에 끌어올렸던 강태현도 부상이다.

"은일이를 너무 일찍 뺀 걸까."

"후우, 결과론이지만 그렇게 됐네. 올 한 해는 부상의 악령한테 저주받은 기분이구만."

그렇게 얘기하긴 했어도 뾰족한 수가 없었다.

더군다나 기량이 떨어지기 전 2루수를 맡던 정건우마저도 부상 때문에 재활군에서 회복 중에 있었다.

"감독님."

"왜 그러냐, 상진아?"

"제가 2루수로 나가 보겠습니다."

그 말에 한현덕 감독의 눈이 동그랗게 떠졌다.

남은게 1과 3분의 1이닝이라고 해도 수비는 중요했다.

게다가 엊그제 선발로 경기를 뛴 선수에게 2루수 자리를 맡긴다니.

말도 안 되는 소리였다.

하지만 상진은 씩 웃으면서 고개를 끄덕였다.

"자신 있으니 내보내 주십시오."

"야! 이상진! 너 미쳤어? 투수가 내야 수비를 본다고?"

"예. 내보내 주십시오. 만약에 실점하면 제가 직접 총대를 메고 언론에 설명하겠습니다."

한현덕 감독은 턱을 괴고 잠시 고민하더니 고개를 가로저었다.

"총대를 멘다는 어처구니없는 소리를 할 줄은 몰랐다."

"죄송합니다."

"너를 2루수로 내보내건, 그렇지 않건 결국은 내 결정이다."

틀린 걸까.

지금 상황에서 출전할 만한 내야수는 거의 없었다.

내보낸다고 해도 1루수와 3루수, 코너를 볼 수 있는 선수 정도뿐.

그때 한현덕 감독의 입이 다시 열렸다.

"총대를 메는 건 내 책임이다. 그러니 네 출전은 내가 책임진다. 나가 봐라."

"감독님!"

옆에서 코치들이 말렸으나 한현덕 감독은 입술을 깨물며 다시 말했다.

"내가 전부 책임질 테니 어디 나가서 해 봐라."

*　　　　*　　　　*

"이상진?"

"이상진이다!"

충청 호크스의 팬들은 글러브를 끼고 그라운드에 올라오는 이상진을 보며 환호했다.

그러면서도 그들은 당혹스러워하고 있었다.

"어째서 이상진이?"

보통 선발투수들은 4일에서 6일 정도 되는 로테이션을 돌게 된다.

이건 긴 이닝을 던지는 선발투수에 대한 배려이자, 제대로 된 체력 안배를 해 주기 위해서 하는 일이다.

그래서 선발투수가 이렇게 중간에 출전하는 일은 드물었다.

더욱 당황스럽게 하는 건 마운드의 움직임 때문이었다.

"내려가질 않아?"

오늘 선발로 올라온 장인재 선발투수는 가만히 서 있었다.

불펜의 역할로 등판한 거라 생각했던 팬들은 이상진이 마운드가 아니라 다른 곳으로 향했다.

"이상진이?"

"어디 가! 이상진!"

그리고 이어서 아나운서의 목소리가 터져 나왔다.

잔뜩 흥분한 목소리에는 흥미롭다는 감정과 즐겁다는 감정이 듬뿍 묻어 나왔다.

─2루수! 이상진 선수가 2루수 자리로 향합니다!

─선발로 던지는 투수가 2루수로 출전하는 전대미문의 광경이 벌어지고 있습니다!

흔히들 투수는 공을 던지고 나면 또 다른 수비수가 된다.

보통 1루수나 포수의 백업을 위해 움직이거나, 혹은 빠지는 공을 커트해 내기도 한다.

심한 경우에는 강습 타구를 유유히 잡아 내는 경우도 있다.

하지만 이런 경우는 전대미문이었다.

─전례 없는 일이 벌어지고 있습니다!

아나운서와 캐스터도 흥분해서 이상 사태에 대해 떠들어 대기 시작했다.

경기장에서 직접 보고 있던 관중들도, 텔레비전이나 인터넷 중계를 통해 시청하던 사람들도 전부 경악했다.

──이상진이 2루수라고? 수비를 볼 수 있나?

ㄴ되지 않겠냐?

ㄴ근거 있는 개소리를 해라. 투수잖아? 수비 연습이라도 했겠냐?

ㄴ투수는 공 던지면 내야수잖아. 될 수도 있지.

ㄴ말이 되는 소리를 해라.

ㄴ또 모르지. 이상진인데?

ㄴ맞아. 이상진이잖아?

시즌을 시작하기 전 이상진이 좋은 성적을 거둘 거라 예상했던 글들은 모두 비웃음을 당했다.

하지만 시간이 지나고 압도적인 성적을 거두기 시작하자 그런 비난의 목소리들은 서서히 잦아들었다.

오히려 이상진의 팬들은 비난하는 말이 나올 때마다 이렇게 달기 시작했다.

'이상진인데?'

은퇴까지 거론될 정도로 심각한 부상을 입고도 회복해서 돌아왔다.

시속 130킬로미터 중후반대에 영원히 머무를 것 같았던 최고 구속도 어느새 150킬로미터를 돌파했다.

제구력도 흠잡을 데 없으며, 리그 최상위권 타자들과 대등한 싸움을 벌인다.

'이상진인데?'

이상진이라면 무슨 일을 벌여도 이상하지 않다.

그만큼 이상진이 기록하고 있는 성적표는 누가 토를 달 수 없을 정도로 완벽했다.

하지만 오늘 일은 약간 별개였다.

―이틀 전에 선발로 던졌던 선수가 수비수로 출전한 전례가 있습니까, 김성진 해설자님?

―허어, 이거 뭐라고 말하기 참 어렵네요. 아예 전례가 없는 건 아닙니다. 대주자로 출전했던 경우도 있고요.

―무엇보다 투수는 공을 던지고 나면 내야수로서 수비를 해야 한다고들 하죠. 그만큼 투수도 수비 연습을 중요시합니다만, 키스톤 콤비로의 출전이라니.

해설자와 아나운서들도 황당하다는 반응을 내비치고 있었다.

그리고 은일의 글러브를 빌려 그라운드로 나온 이상진 역시 황당함을 감추지 못하고 있었다.

[시스템이 사용자의 변화를 감지합니다.]

[야수 포지션으로의 출전을 확인합니다.]

마운드가 아니라 보다 뒤편에 서는 게 어색하기는 했어도, 딱히 어렵지는 않았다.

문제는 갑자기 요동치기 시작한 시스템이었다.

평소 투수로만 출전하던 자신이 내야수로 출전하니 시스템이 오류라도 일으킨 게 아닌가 싶었다.

'이거 잘못하면 시스템이고 뭐고, 죄다 엎어지는 건 아니겠지?'

이렇게 생각한 순간 눈앞에 있던 시스템 창에 변화가 생겼다.

그리고 뜻밖의 메시지가 추가됐다.

[수비 능력치가 새롭게 갱신되었습니다.]

[업적: 〈내야수 출전〉을 달성하였습니다.]

[업적을 달성하여 코인이 10개 지급됩니다.]

뜻밖의 메시지와 더불어 뜻밖의 선물에 상진은 히죽거리면서 2루 포지션에 자리를 잡았다.

그리고 시스템 메시지는 아직 끝나지 않았다.

[당신의 수비 능력치는 82입니다.]

생각해 보면 수비 능력치가 없던 게 오히려 이상했다.

수비에 대해서 투수의 관여도가 결코 낮은 게 아니다.

처음 발견한 자신의 수비 능력치는 다른 능력치에 비해 낮았다.

하지만 생각보다 높은 편이긴 했다.

'나는 보다 완벽해지고 싶다.'

압도적인 성적을 거두면서도 동시에 상진은 자신에게 부족한 부분을 알고 있었다.

더욱 완벽해지고 싶은 욕망이 있었다.

그래서 수비 능력치가 공개되고 그것을 채울 수 있단 사실에 환희했다.

그리고 다른 의문도 꼬리를 물었다.

'다른 선수들의 능력치는 얼마나 되는 걸까.'

예전부터 가졌던 의문이지만 상진은 다른 선수들의 스테이터스를 직접 보고 싶었다.

과연 최정상급 선수들은 어떤 스텟을 가지고 있을까.

자신보다 나은 점은 무엇이고, 자신보다 부족한 점은 무엇일까.

영상을 아무리 보고 파악해 봐도 그런 것은 감각으로밖에 알 수 없었다.

그렇게 고민하던 사이 심판이 경기 재개의 신호를 보냈다.

*   *   *

흔히 야구에서 말하는 징크스가 여러 가지 있다.

그중 하나가 바로 교체된 선수에 대한 징크스다.

교체해서 수비하러 들어간 야수에게는 반드시 공이 간다.

그리고 지금이 바로 그랬다.

"2루수!"

그래도 상진은 생각보다 준비를 잘하고 있었다.

과거 투수 강습 타구를 아슬아슬하게 피해 본 경험도 있고 잡아내보기도 했었다.

데굴데굴 굴러오는 공을 잡은 상진은 바로 1루에 던져 아웃 카운트를 하나 올렸다.

[아웃 카운트 공헌이 인정되어 타자 포인트가 지급됩니다.]

[41포인트가 지급되었습니다.]

수비를 해서 아웃카운트가 올라가자 포인트가 들어왔다.

상진은 의외의 수입에 자신도 모르게 히죽 웃었다.

'타자를 아웃시키는 것도 포인트로 연결되는 건가? 이렇게라도 나오길 잘했는데?'

땅볼이었으니 그럭저럭이긴 했어도 쉽게 잡을 수 있었다.

흘끗 더그아웃의 반응을 살펴보니 생각보다 괜찮은 수비 능력에 만족한 듯 보였다.

그래도 방심은 금물이다.

그라운드에 올라올 때 몇 가지 상황을 머릿속에서 생각해 두었다.

몸에 배지 않아 바로 움직일 수는 없더라도 움직일 수 있도록.

그때 옆에 있던 오선준이 다가와서 어깨를 툭 쳤다.

"뭐 해?"

"응? 왜요?"

"공수 교대야."

그제야 8회 2아웃일 때 올라왔었단 사실을 깨달은 상진의 얼굴은 새빨갛게 물들었다.

*   *   *

—이상진 선수가 9회에도 수비를 하러 올라옵니다!

　—한현덕 감독이 전혀 의외의 수를 꺼내 들었네요.

　—그래도 이상진 선수의 수비력은 생각보다 괜찮습니다.

　—투수는 제5의 내야수라고도 불리지 않습니까. 공을 던지는
순간 내야수로 바뀌어 수비를 해야 합니다. 평소에도 수비 훈련
을 소화할 겁니다.

　따악!

　미리 이미지 트레이닝을 해두면 지금처럼 움직일 수 있었다.

　다시 공이 배트에 맞는 소리와 함께 상진은 주저하지 않고
생각했던 대로 움직였다.

　주자는 1루에 있었고 지금 공은 유격수에게로 간다.

　그렇다면 병살타 코스.

　처음에 살짝 주춤거리기는 했어도 상진은 2루 베이스를 밟으
며 공을 잡고 바로 1루를 향해 뿌렸다.

　"아웃!"

　"아웃!"

　9회 초에 주자를 내보냈던 대구 스타즈의 기세는 병살타 한
방으로 단번에 꺾였다.

　3루에 있는 원정팀 응원석에서는 야유가 터져 나왔고 1루
쪽 홈팀 응원석에서는 환호가 터져 나왔다.

　"와아아! 이상진!"

　"오빠! 날 가져요! 꺄아악!"

평소에 투수로 등판하던 상진만을 봐 왔던 팬들에게 있어서 2루수 이상진의 모습은 생소하면서도 신기했다.

팬들은 상진이 나올 거라 전혀 생각하지도 못했고 수비 실력이 어떨까 걱정했었다.

하지만 수비 이닝을 짧게 소화하긴 했어도 나무랄 데 없는 수비 실력을 보여 주자 이런 모습을 상상하지 못했던 관중들은 계속 환호했다.

하지만 상진은 죽을 맛이었다.

'아니, 쌍. 왜 나한테만 공이 와.'

아무리 교체된 선수한테 공이 자주 온다고는 해도 이건 너무한 수준이다.

8회 초 2아웃일 때도 땅볼이 자신한테 오질 않나, 아까 1루 베이스를 내준 것도 자신 쪽으로 공이 날아와 머리 위를 넘어가서였다.

점프를 뛰면서 잡아보려고 했지만 실패해서 쪽팔려하던 참에 방금 전에는 병살타의 기점이 되기까지 했다.

그래도 마지막 타자는 이미 벌어질 대로 벌어진 점수 차와 자신밖에 남지 않았다는 부담감에 스스로 무너졌다.

삼진으로 마지막 타자가 끝나자 상진은 숨을 토해 내면서 씩 웃었다.

"이야, 나가겠다고 장담할 만큼은 하던데?"

"두 번 다시 안 할 겁니다. 나한테만 공이 오는데 이거 간 떨려서 어디 해 먹겠어요?"

다행스럽게도 9회 타순이 5번부터 시작한 덕분에 타석에 설 일은 없었다.

고등학교 때 이후로 타석에 서 본 적도 없었는데 만약에 서게 됐다면 어떻게 됐을까.

그런 가정을 하면서 걱정스러움을 쓸어내리던 상진은 다른 감정을 발견하고 그만 웃고 말았다.

'시스템에서 어떤 메시지를 줬을지 궁금하긴 하네.'

수비 이닝을 소화하면서 수비 능력치가 개방됐다.

그렇다면 타석에 섰을 때 타자로서의 능력치가 개방되진 않을까, 하는 기대가 있었다.

그리고 본심은 다른 곳에 있었다.

'만약에 새 능력치가 개방됐다면 코인도 줬겠지?'

*   *   *

「이상진, 2루수 깜짝 데뷔. 무난한 수비로 승리에 기여」

「한현덕 감독, 이상진의 2루수 출전은 어쩔 수 없는 선택, 차후에는 없을 것」

짧은 해프닝이었지만 언론에서는 끊임없이 기사를 생산해 냈다.

심지어 추측성 기사까지 난무할 정도로 온갖 관심들이 쏟아졌다.

「이상진의 2루수 준비, 과거 타자로 전환하던 과정의 흔적인가.」

기사를 보다가 결국 웃음을 터뜨린 상진은 침대 위로 쓰러졌다.

너무 웃음이 나와 서 있기 힘들 정도였다.

설마하니 이런 식으로까지 생각하는 기자가 나올 줄은 상상조차 하지 못했다.

"이야, 이런 기사까지 나올 줄은 진짜 몰랐네."

"그러게 말이야."

오랜만에 집에 놀러온 진환은 투덜거리면서 하고 있던 요리를 그릇에 담았다.

요리라고는 쥐뿔도 못해서 언제나 배달 음식, 혹은 정말 간단한 음식만 해 먹던 상진은 스테이크를 보고 눈이 휙 돌아갔다.

"오오! 역시 형이 해 주는 음식은 최고야!"

상진은 씩 웃으면서 진환이 해 준 스테이크를 잘라 입 안에 넣었다.

대충 먹는 육포나 삶은 계란과 다르게 잘 조리된 스테이크는 혀를 휘감으며 이루 말할 수 없을 정도의 맛을 안겨 주었다.

"그딴 소릴 하기 전에 네 형수한테 미안하다고나 해라."

"에이이, 형님도 요새는 곱게 곱게 보내 주시잖아?"

"네가 뉴스에 자주 나오니까 울 마누라도 곱게 보내 주는 거지. 예전에는 날 아주 잡아먹으려고 하더라."

진환의 아내는 진환이 상진을 챙겨 주는 걸 좋게 보지 않았
다.

챙겨 주는 건 구단에서도 해 주지 않냐는 게 아내의 의견이
었다.

하지만 진환은 잘 아는 가족이나 친척이 챙겨 주는 것과 구
단에서 사무적으로 챙겨 주는 것과는 다르다고 생각했다.

그래서 기회가 될 때마다 상진을 만나며 챙겨줬다.

"역시 형의 요리는 쓸 만해."

"호텔 주방에서 일하는 요리사한테 쓸 만하다니. 칭찬인 거
냐? 욕인 거냐?"

"당연히 칭찬이지."

"매일 육포랑 계란만 먹어서 미각을 상실한 네 혀로 칭찬해
봤자 욕으로밖에 안 들리거든?"

투덜거리면서도 진환의 손은 빠르게 움직였다.

상진은 일반 가정집 주방으로도 이런 요리가 가능하리라고
는 상상도 못 했었다.

그래서 오랜만에 먹어 보는 고급스러운 요리에 행복하기도
했다.

[단백질류 섭취를 확인하여 1포인트가 증가합니다.]

이런 메시지는 덤이다.

오늘은 시스템과 별도로 맛을 즐기고 있었다.

포인트를 쌓기 위해서나 혹은 굶주린 배를 채우기 위해서가

아닌, 순수하게 맛을 즐기기 위한 식사였다.

띵동띵동.

갑자기 울리는 벨소리에 상진과 진환은 동시에 손을 멈췄다.

"누구 올 사람 있냐?"

"아니. 월요일에 누가 온다고 그래."

"그럼 누구지?"

택배를 시킨 것도 없고 오늘 찾아온다고 한 사람도 없었다.

먹던 걸 중간에 멈춰야 하는 게 불만스러웠던 상진은 입 안에 한가득 넣고 씹었다.

종종 구단에서 식재료라든가, 아니면 영양제 같은걸 챙겨 보낼 때가 있었다.

오늘도 그런걸 보낸 게 아닐까.

이렇게 생각하며 현관으로 갔다.

"누구세요?"

다음 순간, 갑자기 손이 문을 뚫고 불쑥 들어왔다.

그러더니 문 안쪽에 있는 도어락 버튼을 눌러 문을 열고는 쓱 밖으로 나갔다.

마치 유령의 장난 같은 일에 상진은 그만 얼어붙었다.

그리고 문이 열렸다.

"이러면 번거롭지 않지?"

상진은 얼굴을 일그러뜨리며 눈앞에 있는 사람, 아니 저승사자의 멱살을 틀어쥐었다.

"평소에도 이런 방식으로 들어온 겁니까!"

"창문은 좀 그렇잖아?"

"그거나 이거나!"

"그런데 그분은 누구시냐? 처음 뵙는 분 같은데?"

뒤에서 들려온 목소리에 상진은 흠칫 몸을 굳혔다.

설마하니 이렇게 마주치는 일이 생길 줄 누가 알았겠는가.

이 빌어먹을 저승사자는 일주일에 한 번 올까 말까였고, 진환도 요새 일이 바빴다.

그래서 둘이 번갈아 가며 방문해도 마주칠 일은 거의 없었다.

그런데 하필 오늘 마주칠 줄이야.

"아아, 친구야, 친구."

"누가 니 친구냐?"

"시끄럽고 말이나 맞춰요."

진환에게 대뜸 이 사람은 저승사자고 자신을 죽을 뻔하게 만들었던 장본인이다.

이렇게 말할 수 있겠는가.

대충 둘러대면서도 머리가 지끈거려 왔다.

"흐음? 난 처음 뵙는 분 같은데? 야구 하시던 분인가?"

"아, 아, 아니. 음, 구단 쪽에서 일하는 사람인데 좀 친해졌지."

"그래? 처음 뵙겠습니다. 저는 상진이 사촌 형 되는 이진환이라고 합니다."

"안녕하세요. 심영호라고 합니다."

그래도 나름 말을 맞추는 걸로 봐서 곤란한 상황임을 인식한 듯했다.

　상진은 다시 한번 안도의 한숨을 내쉬면서 가슴을 쓸어내렸다.

　"오오. 맛있는 냄새! 직접 만드신 건가요? 대단한 솜씨시군요."

　"아, 예. 같이 드실래요?"

　"주신다면 감사히 먹겠습니다. 마침 배가 고팠거든요."

　그리고 뻔뻔하기까지 했다.

　대뜸 집 안에 들어와서 식탁에 앉더니 위에 올려진 음식들에 손을 대기 시작했다.

　진환이나 상진이 말릴 틈도 없었다.

　뭐라고 말할 새도 없이 은근슬쩍 틈을 봐서 비집고 들어오는 솜씨는 훌륭하다 못해 어이가 없었다.

　"그런데 무슨 일로 오시… 온 거야?"

　"응? 아아. 별일 아니야. 네가 잘 지내나 궁금해서 한번 찾아온 거지."

　잘 지내나 궁금해서 왔다는 말에 상진보다 진환이 더 빠르게 반응했다.

　"그쪽도 상진이를 챙겨 주시는군요."

　"물론이죠. 혼자 냅두면 무슨 사고를 치고 다닐지 모르잖습니까."

　요새 성적이 좋아지면서 주위에서는 유명인하고 친해서 좋겠다는 소리를 들었다.

하지만 그건 상진에 대해서 전혀 모르는 사람들이 하는 말이다.

지난번에 먹다가 뒈질 뻔하기 전에도 마음고생을 자주 시키던 녀석이었다.

상진 때문에 가슴을 졸인 게 한두 번이 아니었다.

그래서 이렇게까지 마음이 통하는 사람은 처음이었다.

진환은 요리를 하던 손을 더욱 바쁘게 움직여 바로 영호의 앞에 음식을 내놓았다.

상진 때문에 고생하던 날이 하루 이틀이던가.

"그쪽은 어떤 일을 겪으셨던 겁니까?"

"딱히 별건 없네요. 업무 중에 상진이 덕분에 꼬여서 그걸 풀어내느라 좀 고생했던 것 정도?"

"아니! 그건 내가 잘못한 게 아니라 그쪽에서……!"

"그거야 네 생각이겠지. 그렇죠, 영호 씨?"

오늘 처음 만났음에도 죽이 착착 들어맞았다.

순식간에 대화에서 밀려난 상진은 그저 눈앞에 있는 음식을 씹을 뿐이었다.

"에휴."

먹는 게 남는 거다.

*   *   *

드디어 올스타전 명단이 발표됐다.

충청 호크스에서는 세 명만이 명단에 이름을 올렸다.

2루수 정은일, 마무리 정우한.

그리고 선발투수 이상진이었다.

"이야, 축하한다. 드디어 올스타네."

"뭘요. 이벤트전일 뿐인데요. 저도 쉬고 싶었거든요."

본심하고 180도 다른 말을 하면서도 상진은 끊임없이 움직이고 있었다.

올스타전을 앞두고 휴식기에 들어간 팀 훈련은 다소 강도가 약해져 있었다.

여름이기도 했고, 무엇보다 전반기가 끝나며 선수들의 체력이 많이 떨어져 있었다.

"그나저나 오늘도 운동하다니. 정말 대단하다. 다른 애들은 전부 몸풀기 정도로 끝냈어, 인마."

"저는 이 정도가 딱 몸풀기예요."

"너 따라 하다가 지쳐 쓰러진 녀석들 보면 답 안 나오냐?"

상진은 트레이닝실에 널브러진 몇몇 후배들을 보면서 쓴웃음을 지었다.

자신의 운동량을 따라잡아 보겠다면서 달려든 후배들은 죄다 지쳐서 쓰러져 있었다.

오늘 경기가 있었다면 아마 감독님한테 크게 혼났을 것이다.

"뱁새가 황새 쫓아가다가 가랑이 찢어진다고 하는데 그걸 따라 하냐."

"허억, 허억. 선배님 연습량을 한 번쯤 따라 해 보고 싶었으니까요."

"그래도 쉬면서 쫓아와야지. 나도 쉴 때는 쉰다고."

벌써 3시간이나 트레드밀 위에서 뛰고 있었다.

간간이 쉬기는 했어도 이런 페이스는 후배들이 따라오기에는 아직 벅찬 수준이었다.

그래도 예전과 비교해서는 꽤 발전한 편이다.

"시즌 중에 체력 키우는 거 아니다. 얌전하게 기본기 훈련이나 해."

"그러는 선배님은 왜 체력 훈련을 하시는 건데요?"

"나? 나야 체력이 부족하니까."

"선배님이 체력 부족이면, 저희는 뭡니까?"

상진은 그냥 씩 웃고 말았다.

선발의 입장에서 원하는 체력과 불펜의 입장에서 원하는 체력은 다르다.

짧은 시간 동안 강렬함을 뿜어내야 하는 불펜은 단번에 임팩트를 줄 폭발력이 필요하다.

이 경우는 단번에 힘을 쏟아 내고 그걸 단시간에 회복하는 회복력이 중요시된다.

하지만 선발의 경우는 다르다.

한 번에 온힘을 다하는 게 아니라 6이닝, 7이닝 동안 체력을 분배하며 던져야 했다.

그래서 체력이 좋고 관리를 잘하는 투수의 경우 100구를 넘기고 9회가 되어도 150킬로미터에 달하는 강속구를 뿌린다.

아직 상진은 거기까지 도달하지 못했다.

"그런데 저건 뭐예요?"

"응? 저거? 운동하면서 먹으려고 준비해 둔 거지."

"그럼 점심은요?"

"점심은 구단에서 주잖아. 그거로 먹어야지."

이미 반년 이상 저런 모습을 봐 왔기에 익숙해질 만도 했지만, 후배들에게는 상진의 식사량은 기상천외했다.

하지만 오늘의 양은 특별할 정도로 많았다.

특히 오늘 그가 가져온 간식은 평소보다 다채로웠는데, 호텔 요리사로 일하고 있는 진환의 솜씨는 그만큼 대단했다.

어제 영호와 노닥거리면서도 그는 할 일을 다 하고 돌아갔다.

닭 가슴살로 이런 요리가 가능하다, 싶을 정도로 온갖 요리를 만들어서 냉장고에 처박아 놓고 갔다.

그걸 처리하려고 바리바리 싸 들고 온 것이다.

"이거 맛있는데요?"

"동작 그만. 그거 손대지 마라."

"와, 이거 다 먹을 수 있다고 해도 이거 하나쯤은 먹어도 되지 않아요?"

"있는 사람이 더한다더니."

그러면서 인재가 샐러드에 들어 있는 살짝 튀긴 닭 가슴살을 먹어 보고는 눈을 동그랗게 떴다.

"오! 이거 맛있는데? 누가 만든 거냐?"

"요리사 하는 사촌 형요. 그리고 손대지 말라고 했잖아요."

로커 룸에 넣어 둘 걸 괜히 꺼내 놨다고 투덜거리면서 상진은 트레드밀에서 내려와 음식들을 챙겼다.

그 와중에 몰래 닭고기를 꺼내서 씹고 있는 은일의 뒷덜미를 잡았다.

"너도 먹냐?"

"아니! 혹시라도 다 먹는데 힘드실까 봐! 도와드리려고 했죠!"

"그래? 먹고서 힘 좀 나지? 같이 러닝이나 하자."

"으아아! 좀 살려 주세요!"

발버둥을 치며 도움을 요청했지만, 팀 동료들은 은일을 외면했다.

지금 관여하면 불똥이 튈지도 모르니까.

'명복을 빈다.'

인재만이 유일하게 손을 마주치고 합장을 하며 녹초가 될 은일을 위로해 줄 뿐이었다.

*   *   *

올스타전.

전반기와 후반기를 나누는 휴식기에 치르는 이벤트전이었다.

충청 호크스에서는 상진을 비롯해 2루수 정은일, 외야수 월리엄이 함께 출전하게 됐다.

"와! 이상진 선수다!"

"이상진 선수가 여길 봤어! 날 본 거야!"

"미쳤냐? 날 본 거지, 너를 왜 보냐?"

상진이 등장하자 주위에서 선수들의 사인을 받고 있던 팬들이 구름처럼 몰려들었다.

가방을 어깨에 메고 지나가며 간간이 사인을 해 주던 상진은 갑자기 몰려든 인파에 깜짝 놀랐다.

"뭐야? 왜 이렇게 많아?"

특히 다른 팀 선수들은 더욱 깜짝 놀랐다.

그들에게 사인은 대충 지나가는 행사나 다름없었다.

그나마 팬 사인회 정도가 제대로 사인해 주는 기회였다.

"자자. 다들 진정해 주세요. 차례대로 해 드릴게요."

그런 가운데 인파에 둘러싸인 상진은 침착하게 한 명씩 사인을 해 주기 시작했다.

충청 호크스의 유니폼에다가 해 주길 원하는 팬도 있었고 언제 구입했는지 올스타전 유니폼을 벌써 들고 와서 사인해 달라고 하는 팬도 있었다.

다른 팀 선수들에게는 마치 팬 사인회 이상을 방불케 하는 이상진과 팬들의 모습에 어안이 벙벙했다.

"저게 뭐꼬? 쟤는 늘 저렇게 사인해 주나?"

"뭐, 별나지? 그래도 사인을 잘해 주니까 사람들이 겁나 모이긴 하더라."

전부 신기한 눈으로 바라보는 가운데 상진은 묵묵히 사인을 계속했다.

데뷔부터 작년까지 해 준 사인을 모두 합치더라도 올해 들어서 해 준 사인보다 훨씬 횟수가 적었다.

그래도 상진은 묵묵히 팬들에게 사인을 해 주며 함께 사진을 찍어주기까지 했다.

"저래서 표가 압도적이구만."

"팬 서비스가 좋으니까 인식도 좋지."

"얼마 전에는 동영상도 찍혀서 올라갔더라. 한 시간 동안이나 사인을 해 줬다면서?"

다른 선수들은 질투하기보다는 질린다는 표정이 됐다.

하지만 팬들은 전혀 달랐다.

특히 다른 팀의 팬들은 더욱 신이 나 있었다.

평소에는 충청 호크스와 싸워야 하는 상대 팀으로서의 입장 때문에 맘 편하게 사인을 받지 못했다.

하지만 오늘은 올스타전.

눈치를 보지 않고 이상진의 사인을 받아 낼 수 있는 기회였다.

가뜩이나 0점대 방어율을 자랑하며 리그 최상위 투수로 군림하고 있는 선수였다.

메이저 리그 이야기까지 심심찮게 나오고 있는 상황이라 팬들 입장에서는 꼭 사인을 받고 싶어 했다.

그건 인터넷에서도 마찬가지였다.

─이상진 메이저리그 가는 거 아니냐?

ㄴ말 같은 소리를 해라. 이상진이 메이저 갈 수 있을 거 같냐?

ㄴ혹시 모르지. 지금 사인 받아 놓으면, 이상진이 메이저 가기 전에 받아 놓은 사인이라고 자랑할 수 있을 테니까.

ㄴ이야. 그거 개꿀인데?

ㄴㅈㄹ을 해라. 이상진이 메이저 갈 수 있겠냐? 못 간다에 내 손모가지랑 전 재산을 건다.

ㄴ어이구, 어르신. 방구석에서 키보드만 두드리지 말고 산책이나 좀 나가시죠?

인터넷에서 이상진의 성공 가도를 시기하는 사람은 많았다.

도핑 테스트를 무사히 통과하고 나니 테스트에 걸리지 않는 약물을 사용했다거나.

아니면 심판을 매수했다는 등의 악의적인 소문을 유포하기도 했다.

하지만 대다수의 팬들은 결국 이상진에게서 사인받고 싶어 했다.

차에서 내려 안으로 들어가다가 이 광경을 본 한현덕 감독은 고개를 절레절레 내저었다.

"저놈은 여기 와서도 또 저러고 있네."

"호크스에서는 저게 흔한 일인 모양이죠?"

주차장에서 짐을 들고 함께 들어가던 다른 팀 코치가 은근

슬쩍 묻자 현덕은 쓴웃음을 지었다.

"흔한 일이기는 합니다. 사인을 너무 오래 해 줘서 문제지만. 아마 호크스 팬들이 꼭 가지고 있는 세 가지라고 한다면 상진이의 사인이 있는 사인볼, 유니폼, 그리고 사인지가 아닐까 싶네요."

종이와 유니폼, 공.

오죽하면 이 세 가지에 전부 사인을 받지 않은 자는 이상진의 팬이 아니라고 할 정도겠는가.

오늘도 몇몇 팬들은 이상진의 이름이 마킹된 유니폼을 입고 양손에는 공과 종이를 들고 있었다.

"하여튼 야구할 때 말고도 저렇게 신나 보이는 건 오랜만에 본단 말이지."

사인을 하며 즐겁게 웃고 있는 상진을 뒤로하고 한현덕은 허허롭게 웃으며 안으로 들어갔다.

그리고 상진은 끊임없이 몰려드는 팬들에게 사인을 해 주면서 계속 주위를 둘러보고 있었다.

"죄송합니다만! 저도 이제 들어가 봐야 할 것 같아서요!"

"이것까지만 해 주세요!"

"저! 저까지만 해 주세요!"

순식간에 다가온 경호원이 팬과 상진 사이를 갈라놓았다.

상진은 어색하게 웃으면서 경호를 받고 훈련장으로 들어갔다.

　　　　*　　　　　　*　　　　　*

　"그러게 적당히 해 주지 그랬냐."

　"후우, 적당히 해 주려고 했는데 그렇게 많이 왔을 줄 누가 알았나요."

　지나가던 올스타전 관계자가 팬들을 적당히 제지해 주며 상진을 데리고 들어왔다.

　간신히 팬들 사이를 빠져나온 상진은 이미 녹초가 되어 있었다.

　"선발로 나가는 거는 알고 있지?"

　"물론 알고 있죠."

　"힘이 그렇게 빠져서 어디 제대로 할 수 있을진 모르겠다. 그리고 경기 전에는 이벤트전인데 할 수 있겠냐?"

　"당연하죠."

　걱정스럽다는 듯 곁에서 바라보는 외국인 외야수 윌리엄에게 엄지손가락을 세워 보였다.

　올스타전이라고 해도 바로 경기를 하는 건 아니다.

　그 전에 하는 이벤트들이 몇 가지 있다.

　"이제 슬슬 시작할 시간인데 간단하게 몸이나 풀어봐라."

　"알겠습니다."

　오늘 윌리엄과 호흡을 잘 맞춰서 이벤트를 진행해야 했다.

　가볍게 공을 던져 보면서 상진은 어깨를 풀었다.

　"그럼 신나게 얻어맞으러 가볼까?"

각 팀마다 두 명이 나와 공을 던져 주고 그걸 받아친다.

그리고 홈런이 얼마나 많이 나오는지를 대결한다.

그게 바로 올스타전 경기가 시작되기 전에 벌어지는 이벤트인 홈런 레이스였다.

"에라!"

"바람 겁나 부네."

얼마 전에 지나간 태풍의 영향 때문에 창원에 있는 티라노스 파크에는 강풍이 불고 있었다.

덕분에 어제와 오늘, 이틀에 나눠서 진행되어야 할 이벤트전을 오늘 하루에 다 몰아서 하게 됐다.

경기장 한가운데는 바람이 좀 덜하기는 해도 관중석은 바람 때문에 난리도 아니었다.

비가 안 온다는 점이 그나마 다행이었다.

"홈런이 나오긴 할까?"

심지어 바람이 역풍이었다.

타석에서 외야 관중석까지 날아가는 게 가능할까 싶은 바람에 진행자는 물론 타자 역할로 나온 선수들도 얼굴이 어두워졌다.

"오히려 이런 게 낫지 않을까요?"

이상진은 가끔 카메라 앞에서 도발적인 말을 내뱉었다.

저렇게 자극적인 말을 하면 코칭스태프의 입장에서는 미치고 환장할 노릇이지만, 팬이나 언론사로서는 환호할 만한 소재거리였다.

그래서 이상진의 중얼거림에 바로 반응했다.

"예? 이상진 선수. 무슨 말씀이신가요?"

"생각해 보시면 간단하죠. 올해 공인구가 바뀌면서 홈런이 많이 줄었어요. 그런데 오늘 이렇게 강풍이 불어서 더 치기 힘들어졌죠."

상황은 최악이다.

홈런 레이스 자체가 성립할까 의문이 될 만한 강풍과 날씨.

하지만 이어진 상진의 말 한마디에 그곳에 있던 선수들의 눈이 불을 뿜었다.

"이런 상황에서 홈런을 치면 그게 자신의 기술과 힘을 증명하는 게 아닐까요?"

극악의 상황에서 홈런을 쳐 낸다면 그거야말로 대단한 위업이다.

그의 말을 듣자, 강풍 때문에 불안한 기색을 감추지 못하던 선수들의 투쟁심에 불이 붙었다.

간단하게 몸을 풀기 위해 휘두르던 배트는 점점 힘이 들어갔고 더욱 부드럽게 휘어졌다.

그걸 보면서 옆에 있던 한현덕 감독은 혀를 내둘렀다.

"너는 참 골칫거리다. 말을 해도 좀 곱게 하지."

"그래도 재밌잖아요?"

"그래. 나름대로 재미있어졌지."

적어도 재미없는 이벤트는 되지 않을 듯했다.

그리고 시작부터 그 예감은 적중했다.

따악!

시작은 강동 챔피언스의 김혜성이었다.

정타로 맞은 공은 초구부터 엄청난 기세로 뻗어 나갔다.

하지만 강풍을 뚫지 못하고 외야에 뚝 떨어졌다.

"아아!"

"아깝네."

7아웃 서든데스룰로 진행되는 홈런 레이스에서 홈런이 되지 않는다면 아웃으로 친다.

7아웃이 되기 전에 누가 더 많은 홈런을 쳐 내는가.

시작한 지 얼마 되지 않았는데 김혜성의 얼굴에는 땀방울이 맺히기 시작했다.

"종료!"

"에라이!"

7아웃을 당할 때까지 딱 하나밖에 치지 못한 김혜성의 얼굴에는 분함이 가득했다.

그리고 다음 선수가 타석에 들어서는 순간 주위에 있던 선수들은 물론 관중석에서도 오오 하는 감탄이 흘러나왔다.

─인천 드래곤즈의 로버트 선수! 과연 몇 개나 칠 수 있을까!

열떤 목소리로 외치는 장내 아나운서의 목소리를 들으며 로버트는 자세를 잡았다.

올해 홈런 1, 2위를 다투고 있는 그는 아무리 올스타전이고 이벤트라고 해도 홈런 레이스의 우승을 노리고 있었다.

"넘어간다? 넘어간다? 넘어갔다!"

"이야, 역시 로버트네."

상진도 외야를 가뿐히 넘어가는 로버트의 타구에 감탄했다.

인천 드래곤즈와 대결할 때도 최자석과 로버트는 요주의 인물이었다.

홈런 레이스에서는 일부러 타자가 치기 좋게 공을 던져 주긴 한다.

그렇다고 해도 정타로 맞은 타구가 강풍을 뚫고 외야 관중석까지 날아간다는 건 보통 힘으로 될 일이 아니었다.

그다음으로 강동 챔피언스의 박경호가 5개를 쳐 내며 1위를 탈환해 냈다.

하지만 다음 선수들은 그렇게 많이 쳐 내지 못했다.

박경호의 5개 기록에 도전하는 것은 물론, 1개조차 치기 힘들어했다.

그렇게 순서가 지나며 드디어 윌리엄의 차례가 돌아왔다.

"그런데 괜찮겠냐? 조금 있다가 등판인데."

"뭐, 불펜에서 몸 푸는 것 정도로 생각하죠."

본래대로라면 투수가 아닌, 다른 포지션의 선수가 공을 던져 주는 역할을 맡아야 했다.

투수 같은 경우는 자신이 던진 공을 얻어맞는 걸 꽹장히 싫어한다.

그만큼 자신의 공에 대해 자부심을 가지고 있었다.

하지만 상진은 그런 것에 연연하지 않았다.

[알림: 시스템이 상황을 재확인합니다.]

[알림: 시스템이 일시적으로 이벤트 상황에 부합하는 기능으로 전환합니다.]

"오잉?"

물론 이렇게 될 줄 알고 출전한 건 아니었다.

그리고 하나 더 있었다.

[이벤트전 모드로 2천 포인트를 달성할 시 특전이 제공됩니다.]

*   *   *

올 시즌을 준비하면서 상진이 상대 팀을 분석하는 것 이상으로 시간을 투자한 것은 바로 같은 팀 동료들을 알아 가는 일이었다.

매년 그래 왔지만, 지피지기면 백전불태였다.

같은 팀 선수들의 수비 성향이나 능력, 그리고 타율과 컨디션을 고려하는 건 포수인 재환만큼은 할 줄 알았다.

그래서 타석에 서서 자신의 공을 기다리는 윌리엄을 보며 상진은 싱긋 웃었다.

'윌리엄이 제일 싫어하는 코스는 바깥쪽으로 빠지는 공이지.'

데이터로 봐도 윌리엄은 바깥쪽으로 휘어져서 나가는 종류의 공에 약했다.

좌타였기에 특히나 좌투수가 던지는 슬라이더에 취약했다.

하지만 오늘은 이벤트전이니 그렇게까지 빡빡하게 던질 이유는 없었다.

오로지 패스트볼.

정중앙에 맞춰서 던질 생각이었다.

첫 번째 공에 딱 하는 소리와 함께 공이 높게 솟아올랐다.

그러나 힘이 약간 부족한지 외야에 뚝 떨어졌다.

[알림: 홈런 달성을 실패했습니다.]

'거, 일일이 시끄럽네. 가만히 두고 보라고.'

앞으로 뻗어 나가지 못한 건 힘에서 약간 밀렸거나 혹은 바람 때문일 것이다.

그래도 첫 번째 공에 타이밍은 맞았다.

윌리엄도 자신이 무엇을 해야 할지 알아챘는지 상진과 눈을 마주치고는 싱긋 웃었다.

상진은 조용히 머릿속의 계산을 끝내며 공을 움켜쥐었다.

아까와 똑같은 코스에 공의 구속은 약간 늦추고 구위로 떨어뜨린다.

손으로 할 수 있는 가장 섬세한 작업을 하며 상진은 다시 공을 던졌다.

"와아아!"

"넘어간다!"

[알림: 홈런 1개를 달성하였으므로 50포인트가 지급됩니다.]

시스템 알림이 시끄럽게 울렸지만 이미 집중력을 최고조로 끌어올린 상진에게는 들리지 않았다.

[알림: 홈런 달성 실패, 아웃되었습니다.]

[알림: 홈런 2개를 달성하였으므로 50포인트가 지급됩니다.]

[알림: 홈런 3개를 달성하였으므로 50포인트가 지급됩니다.]

[알림: 홈런 4개를 달성하였으므로 50포인트가 지급됩니다.]

[알림: 홈런 레이스에서 3연속 홈런을 달성하여 50포인트가 추가로 지급됩니다.]

7아웃을 당하는 동안 윌리엄은 총 7개의 홈런을 때려 냈다.

다른 선수들에 비해 좋은 성적이었지만, 상진과 윌리엄의 얼굴에는 불만이 가득했다.

바람이 너무 세게 불어서 타구가 제대로 뻗지 못해서 넘어가야 할 타구임에도 넘어가지 않은 게 태반이었다.

윌리엄은 그걸 넘기지 못한 게 불만이었다.

그리고 상진은 다른 의미로 불만이었다.

"젠장. 바람만 아니었어도 한 300포인트는 더 벌었을 텐데."

벌어들인 포인트는 홈런 7개로 얻은 350포인트와 3연속 홈런으로 얻은 50포인트.

모두 합쳐서 총합 400포인트였다.

조금 아쉽긴 해도 윌리엄과 자신은 홈런 레이스 결승에 진출했다.

그때는 예선처럼 7아웃이 아니라 10아웃인 만큼 더 포인트를 벌 수 있을 것이다.

그걸 생각하며 상진은 가볍게 몸을 풀었다.

            *   *   *

홈런 레이스 예선이 끝나고 이어진 코너는 퍼펙트 피처였다.

배트를 9개 세워 놓고 총 10개의 공을 던져 맞춰 쓰러뜨리는 게임이었다.

이 중에 빨간 배트가 두 개 있는데, 이걸 맞추면 2점이 주어지게 된다.

연습으로 던질 수 있는 2개를 제외한 10개의 공을 던져야 했다.

물론 투수들은 출전할 수 없었다.

그래서 정확성을 요구하는 이벤트인 만큼 내야수나 포수가 주로 출전했다.

상진은 그걸 구경하면서 육포를 씹어 먹고 있었다.

―최재환 선수가 3개를 쓰러뜨리고 3점을 획득합니다!

―다들 생각보다 고전을 면치 못하네요. 2점짜리를 과하게 노리다가 제대로 맞추지도 못하고 있습니다.

―인천 드래곤즈의 김태현 선수도 1점밖에 얻질 못했네요.

―다들 욕심이 과한 거죠.

다들 나름대로 난다 긴다 하는 선수들이었어도 세워 놓은 배트를 정확하게 맞히는 건 약간 무리가 있었다.

그 광경을 보면서도 상진은 여전히 부루퉁한 얼굴이었다.

"거, 투수도 좀 던지게 해 주면 어디 덧나냐고."

"웬만한 투수들이 던지면 반칙이니까. 당장 네가 나간다고 하면 난 판 접고 드러누우련다."

처음 나가서 3점밖에 얻지 못한 재환은 상진의 말에 기가 막히단 표정이 됐다.

요새 상진의 제구력이 물이 오를 대로 올라 송곳보다도 더 날카로웠다.

그런 상진이 퍼펙트 피처에 참가하면 재미가 없어진다.

물론 속셈은 따로 있었다.

'퍼펙트 피처도 했다면 포인트를 더 얻었을지도 모르는데.'

시스템을 얻은 이후로 자나 깨나 포인트 생각뿐이었다.

그게 성장으로 이어지니 더욱 집착하고 있었다.

무엇보다 아까 맛본 이벤트 포인트 덕분에 계속 입맛을 다시고 있었다.

─퍼펙트 피처에서는 강동 챔피언스의 스펜서 선수가 1위를 차지합니다!

─우승 상금으로 300만 원을 얻어 갑니다!

─민경헌 선수는 아쉽게도 준우승을 하여 100만 원을 타게 됐습니다!

장내 아나운서들이 떠드는 가운데, 상진은 아무 생각 없이 아직 치우지 않은 배트를 향해 공을 주워서 던졌다.

그 공은 두 번을 튕기며 배트를 세 개나 쓰러뜨렸다.

그러자 갑자기 주위가 고요해졌다.

"뭐, 뭐야?"

—이상진 선수가 갑자기 세 개나 쓰러뜨리며 3점을 획득합니다!

—이야. 투수는 역시 달라도 다르네요. 다른 선수들이 고생고생하며 얻은 점수를 공 하나로 따냅니다.

"이상진! 이상진!"

"또 먹냐! 그만 좀 먹어라!"

관중들이 웃으면서 환호하자 상진은 손을 들어 그에 화답해 줬다.

그때 아나운서가 좋은 생각이 떠올랐다는 표정으로 옆에 있는 캐스터와 귓속말을 중얼거리기 시작했다.

그러더니 올스타전 관계자들에 한국 프로 야구 관계자들까지 모여들었다.

"뭐야?"

"왜 저러지?"

선수들도 영문을 몰라 우왕좌왕하던 사이, 갑자기 아나운서가 커다란 목소리로 외쳤다.

─자! 여러분! 이상진 선수가 많이 심심하셨던 모양입니다!

─그래서 저희가 특별히 이상진 선수를 위한 퍼펙트 피처 번외
게임을 준비했습니다!

갑자기 번외 게임이 열린다는 말에 관중들은 다시 환호했다.

그리고 궁금했다.

지금 공을 던진 선수들은 전부 야수들이었다.

하지만 현역 투수가 던진다면 어떨까.

그것도 현재 최고의 성적을 내고 있으며 칼날 같은 제구력
을 갖췄다는 평가를 받는 이상진이다.

공 10개를 던져서 배트 9개를 모두 쓰러뜨리는 일이 가능할
까.

그걸 확인해 보고 싶었다.

"하아, 이러시면 곤란한데요."

마이크를 받아 든 상진은 히죽 미소를 지었다.

다른 사람들은 그걸 멋쩍은 웃음이라고 받아들였지만 단 하
나, 재환만큼은 어딘가 모르게 오싹한 기분을 느꼈다.

'저 자식, 진심인데?'

재환은 저런 미소를 몇 번 본 적이 있었다.

지난번에 부산 타이거즈와 경기하던 도중 만루를 내줬을 때
도 그랬다.

강동 챔피언스에게 공략당해서 위기에 몰렸을 때도 그랬다.

그때는 약간 화난 듯한 감정 기복도 엿보였지만, 지금은 조

금 다른 모습이었다.

무척이나 즐거워 보이면서도 진심이었다.

―오늘 선발이신데 괜찮으시겠습니까, 이상진 선수?

―번외 경기니 고사하셔도 상관없습니다만.

아나운서와 캐스터는 장난스럽게 웃으면서 상진을 슬쩍 자극했다.

그리고 이렇게까지 등을 떠밀어 주는데 하지 않을 수도 없었다.

무엇보다 상진 자신이 원했다.

"그러면 호의를 받아들여서 한번 던져 볼까요."

상진은 아나운서에게 공을 받아 들었다.

그리고 새로 세워진 아홉 개의 배트를 향해 악동 같은 미소를 지었다.

[알림: 시스템이 이벤트 변화를 확인합니다.]

[알림: 시스템이 상황에 부합하는 기능으로 전환합니다.]

예상대로 나오는 시스템 메시지를 보며 상진은 씩 웃었다.

'기브 미 더 포인트!'

벌어야 하는 포인트는 2천.

그중 350포인트는 이미 벌어 놓았다.

홈런 레이스 결승과 올스타전 선발 출전을 고려해 본다면 달성하기 힘든 수준의 점수였다.

하지만 퍼펙트 피처로 포인트를 추가로 벌어들인다면?

'아슬아슬하지만 가능한 영역까지 들어간다.'

우선 연습용으로 공 두 개가 주어진다.

상진은 일단 하나를 집어 들고 천천히 거리와 배트의 위치를 가늠했다.

평소에 던지던 마운드 위에서도 아니고 편평한 땅에서 던지는 공이다.

그리고 포수가 잡아 주는 것도 아니면 무조건 맞혀야 하는 게임이다.

─아! 첫 번째 연습 투구가 빗나갑니다!

─이상진 선수도 이건 좀 힘든 모양이네요!

방금 전에 노렸던 공은 가장 왼쪽에 있는 배트였다.

첫 번째 공은 장내 아나운서가 떠드는 것처럼 빗나갔다.

하지만 대략적으로 감은 잡았다.

두 번째 공 역시 가장 왼쪽에 있는 배트와 그다음 배트 사이로 빠져나갔다.

─이것으로 연습이 끝났습니다!

─이제부터 이상진 선수가 공 10개로 배트 9개를 맞히는 퍼펙트 피처에 도전하겠습니다!

숨을 들이쉬고 내쉰다.

몸의 리듬과 호흡을 맞추고 공의 그립을 느낀다.

거리를 가늠하는 것도 끝났고, 공의 높낮이나 바람의 영향 등도 전부 고려했다.

남은 건 맞히는 것뿐.

따악!

첫 번째 공이 정확하게 가장 왼쪽에 있는 공을 맞췄다.

[퍼펙트 피처에서 1점을 획득하여 50포인트가 지급됩니다.]

상진은 아나운서가 뭐라고 말할 새도 없이 다음 공을 집어 들어서 와인드업을 하며 집어 던졌다.

두 번째, 세 번째, 네 번째.

상진이 조금씩 오른쪽으로 이동하며 하나씩 던질 때마다 배트는 하나씩 쓰러졌다.

다른 선수들이 고생고생하면서 쓰러뜨리던 배트를 상진은 아주 손쉽게 무너뜨렸다.

—이상진 선수! 대단합니다! 단 하나도 빗나가지 않습니다!

—발군의 제구력을 지녔다는 이야기가 이 자리에서 확실하게 증명됩니다!

상진의 압도적인 퍼포먼스에 선수들은 감탄했고 관중들은 환호했다.

그리고 상진은 9개의 배트를 모두 쓰러뜨린 후 남아 있는 공을 물끄러미 바라보다가 올스타전 관계자를 향해 손짓을 했다.

"왜 그러시나요?"

"펜을 좀 가져다주세요."

관계자는 갑자기 펜을 달라는 상진의 행동에 어리둥절한 표정을 지어보였다.

상진은 거의 뺏듯이 사인펜을 받아 들고는 공 위에 슥슥 사인을 하고는 관중석을 향해 휙 던졌다.

그리고 아나운서에게서 마이크를 뺏어서 환호하는 관중들을 향해 외쳤다.

─저의 마지막 공은 오늘 와주신 여러분의 열정을 향해 던졌습니다.

더 큰 환호성이 창원 티라노스 파크를 가득 메웠다.

*　　　　　*　　　　　*

"이 자식 쇼맨십은 알아줘야 한다니까."

마지막 멘트와 함께 공을 던지는 모습을 보던 재환은 그만 웃음을 터뜨렸다.

어떻게 보면 저런 한마디 한마디가 관중들에게는 매우 중요하다.

평소보다 선수들과 팬이 더욱 밀착할 수 있는 기회인 올스타전이니 이런 튀는 행동도 하나의 퍼포먼스로 받아들여진다.

"이상진! 이상진!"

"다 끝났냐?"

"물론이죠. 압승으로 끝내고 돌아왔습니다."

홈런 레이스는 너무 싱겁게 끝나 버렸다.

아까와 똑같은 구속과 똑같은 코스로 던지니 윌리엄도 타이밍을 맞추기 한결 편했다.

결승에 올라온 상대 선수는 고작 3개.

윌리엄은 무려 8개나 쳐 내며 압도적으로 차이를 벌렸다.

바람이 아무리 강해도 공과 타이밍이 절묘하게 맞아 떨어지며 거둔 대승이었다.

"20분 휴식 후에 올스타전 본 경기를 시작하겠습니다."

잠깐 주어진 휴식 시간, 그리고 상진은 가만히 벌어 놓은 포인트를 정리해 봤다.

아까 홈런 레이스 예선 때 400포인트.

퍼펙트 피처에서 9개를 전부 쓰러뜨린 데다가 연속으로 쓰러뜨려서 얻은 포인트가 800포인트.

그리고 홈런 레이스 결승에서 얻은 포인트가 500포인트.

전부 합쳐서 1,700포인트였다.

'아슬아슬한데.'

보통 한국 프로 야구 선수들은 40~60 정도의 포인트를 가지고 있다.

한 이닝에 3명씩 상대한다면 기대할 수 있는 포인트는 대략

120~180 정도.

목표인 2천을 달성하기에 꽤 아슬아슬했다.

코인을 4개나 얻긴 했어도 스킬을 준다니 어떻게든 채워야
한다.

"선발로 올라갈 텐데, 몸 상태는 어떠냐?"

"아까 홈런 레이스 하면서 대충 풀었죠. 언제든지 100퍼센트
전력으로 가능합니다."

"늘 자신감 넘쳐서 좋구나."

이번에 충청 호크스의 한현덕 감독도 올스타전의 감독으로
초청받아서 이 자리에 있었다.

상진은 조금 망설이다가 슬그머니 말을 꺼냈다.

"그런데 진짜 1이닝만 쓰실 건가요?"

"응? 그래야지. 어차피 이벤트전이고 그렇게까지 무리할 필요
는 없으니까."

퍼포먼스를 어떻게 할지도 정해져 있었고 다들 웃으면서 준
비하고 있다.

투수 운용 계획도 전부 잡혀 있으니 여기에서 분위기를 망
치고 싶지는 않았다.

그래도 상진은 끈질겼다.

투수로서 오래 던질 수 없다면 다른 방법이 하나 있다.

"그러면 이런 건 어떨까요?"

*   *   *

—드디어 여러분께서 아! 기다리고 기다리시던 올스타전 본무대가 시작됩니다!

—오늘 양 팀 선발투수는 김강현 선수와 이상진 선수! 현재 리그에서 평균자책점 1, 2위를 달리고 있는 두 선수입니다!

—지난번에는 두 선수가 열띤 투수전을 벌이며 눈을 즐겁게 해 줬는데요. 오늘은 어떤 투구를 보여 줄지 기대됩니다.

—설마하니 그때처럼 죽을힘을 다해서 던지지는 않겠죠? 하하핫!

아나운서들의 목소리를 들으면서 상진은 조용히 숨을 가다듬었다.

요새 경기가 시작하기 전, 이렇게 명상하는 것이 버릇이 됐다.

전력을 기울이지 않아도 되는 올스타전이라고 해도 변함없었다.

"눈을 감고 있는데도 무섭네."

"대단하지 않냐? 너희도 저런 걸 보고 배워라."

한국 야구에서 이제 은퇴를 코앞에 두고 있는 몇몇 선수는 아직 어린 선수들을 향해 한마디씩 던졌다.

올스타전이라고 해도 이건 하나의 야구 경기였고, 상진은 그 누구보다도 야구를 진지하게 대했다.

그 자세를 본받으라는 말이었다.

다른 팀 선수들에게 조언을 해 주고 농담을 던질 정도로 오늘 창원 티라노스 파크의 분위기는 화기애애했다.

평소에 친하면서도 팀과 팀 사이의 성적 때문에 말도 제대로 못 붙이던 선수들이 서로 즐겁게 대화를 나누는 장면도 보기 좋았다.

재환도 얼마 전까지 있었던 친정 팀 강남 그리즐리의 선수들과 이야기꽃을 피웠다.

하지만 조용히 명상에 잠겨 있던 상진은 별 반응을 보이지 않았다.

"자, 가자."

재환이 어깨를 툭툭 치자 상진은 조용히 눈을 떴다.

그걸 본 주위 선수들은 집중하는 상진을 방해한다면서 웅성거렸다.

하지만 팀에서는 늘 있던 일이었고 상진도 아무 말 없이 웃으면서 일어났다.

"컨디션은?"

"이미 만전의 상태죠."

"그렇다고 윽박지르면 안 된다? 오늘은 이벤트니까."

"그러니까 이벤트대로 던질 겁니다."

그 말에 재환은 미심쩍은 눈으로 상진을 위아래로 훑어봤다.

이놈을 이미 몇 년 동안 봐 온 자신이지만, 올해가 가장 알기 힘들었다.

예전에 배터리를 짜고 던질 때는 심리를 어느 정도 읽을 수 있었다.

그런데 요새는 당최 무슨 생각을 하는지 읽을 수가 없었다.

"뭐, 특별한 생각이라도 있냐?"

"에이, 형도 요새 감이 죽으셨어요? 이벤트전이니까 재미있게 가야죠."

"너한테만 재미있는 게 아니라면 좋겠다."

"당연히 다들 재미있게 되겠죠."

뭔가 이상한 기분이 들기는 했어도 재환은 그냥 그러려니 하고 그라운드로 나갔다.

아무리 그래도 이벤트로 벌어지는 올스타전인데 사고를 칠까 싶었다.

이미 그라운드에 나와 있는 선수들은 각자 준비해 온 퍼포먼스를 할 준비를 하고 있었다.

영화에 나오는 캐릭터 분장을 하고 있는 선수부터 시작해서, 우스꽝스러운 복장을 입기도 했다.

하지만 상진은 마운드 위에서 별다른 움직임이 없었다.

"플레이볼!"

—드디어 올스타전이 시작됐습니다!

—1회 초 마운드에 올라온 선수는 충청 호크스의 이상진! 이번 시즌에 가장 센세이션을 불러일으키는 선수입니다!

—투구 동작에 들어… 어?

—에?

멘트를 이어 나가야 하는 아나운서와 캐스터가 순간 숨을 멎을 정도였다.

관중석은 물론이고 양 팀의 더그아웃과 더불어 그라운드 위의 선수들마저도 방금 전에 본 광경을 믿을 수 없었다.

"뭐야?"

"와아아아!"

가장 먼저 반응한 건 관중석이었다.

전광판에 아로새겨진 147킬로미터라는 표시 때문이었다.

이상진이 평소에 세우던 구속의 기록과 비교한다면 아무것도 아니었지만, 그들이 환호하는 건 바로 그의 퍼포먼스 때문이었다.

재환도 어안이 벙벙한 나머지 공을 돌려줄 생각조차 하지 못했다.

"사이드암?"

방금 전 상진의 팔은 지면과 수평을 이뤘었다.

*   *   *

상진의 원래 투구 폼은 오버핸드 스로였다.

고등학교 때부터 구속과 구위가 좋아지기 시작하자 감독의 조언에 따라 온몸을 사용하는 오버핸드로 던졌다.

지면과 거의 수직을 이룰 정도로 높은 투구 폼으로 온몸을 사용해서 패스트볼을 내려꽂았다.

그 결과 고등학교 대회를 제패할 수 있었다.

팔과 어깨, 그리고 허리의 움직임을 유동적으로 엮으며 온몸을 사용한다.

하지만 당시 유연성이 부족했던 상진의 몸에는 대미지가 누적됐고 결국은 부상으로 이어졌다.

그리고 돌아온 상진은 오버핸드로 공을 던질 수 없었다.

팔을 들어 올리려고 하면 찾아오는 엄청난 고통은 어깨 위로 팔을 올리는 것조차 두렵게 만들었다.

그걸 개선하기 위해서 온갖 노력을 다한 끝에 복귀 후에는 팔 각도를 조금 낮춰 스리쿼터로 던지게 됐다.

그로써 어느 정도 공을 던질 수 있게 됐지만 구속도, 구위도 잃어버렸다.

"사이드암이라고?"

"이상진의 사이드암?"

"미쳤다! 진짜 미쳤어!"

전혀 익숙하지 않은 사이드암 스로로 던졌음에도 상진은 정확하게 스트라이크존을 꿰뚫었다.

올스타전 드림 팀의 선두 타자로 나온 고정욱은 어안이 벙벙했다.

처음 보는 궤적으로 들어오는 공이었기에 더욱 놀라웠다.

원래 사이드암이나 언더핸드로 던지는 투수는 보기 드물

었다.

게다가 지금 이상진처럼 위력적인 투구를 하는 사이드암 투수는 더욱 드물었다.

"저 자식은 늘 상상 이상이라니까."

더그아웃에서 팔짱을 끼고 그라운드를 바라보고 있던 한현덕 감독은 헛웃음을 터뜨렸다.

설마하니 사이드암으로 투구를 할 줄은 몰랐다.

원래 투수는 한 가지 투구 폼으로 굳어진 이후에는 다른 투구 폼으로 던지지 않는다.

자칫 잘못하면 투구 밸런스가 무너지고 제구가 흐트러지기 때문이다.

하지만 지금 상진은 아주 정확하게 스트라이크존 안으로 집어넣었다.

"저런 걸 언제 연습했을까."

"저는 본 적이 없습니다."

충청 호크스에서 연습할 때도 사이드암으로 던지는 모습은 전혀 보여 주지 않았다.

그 말은 오늘 이벤트에서 즉흥적으로 꺼냈다는 말이었다.

그걸 증명하듯 재환이 포수 마스크를 벗어 던지며 외쳤다.

"야! 사이드암으로 던지지 마!"

일부러 화내는 척하는 재환의 행동도 사전에 이야기되어 있었다.

초승달처럼 휘어진 눈꼬리는 재환이 얼마나 웃음을 참고 있는지 보여 주고 있었다.

말도 안 되는 짓거리를 하는 상진을 말릴까 말까 고민하던 한현덕은 피식 웃었다.

하지만 다음 순간 그의 눈은 다시금 동그랗게 변했다.

"스, 스트라이크!"

심판마저도 스트라이크 콜을 외치며 더듬을 정도로 놀라운 광경이었다.

환호와 비명이 뒤섞인 목소리가 창원 티라노스 파크를 가득 메웠다.

"뭐야?"

"저게 뭐냐고!"

이번에도 팔은 내려갔다.

하지만 처음 사이드암으로 던졌을 때보다 더욱 내려갔다.

팔과 허리를 최대한 낮추며 마치 땅에 손이 닿을 듯이 깊숙하게 내려가는 투구 폼.

그리고 살짝 떠오르는 듯한 움직임을 보이며 타자의 눈을 현혹하는 공.

그것이 뜻하는 건 하나뿐이었다.

결국 참지 못한 재환이 포수 마스크를 집어 던지면서 고함을 질렀다.

"야! 이상진! 언더핸드로도 던지지 마!"

관중들의 입장에서는 무척이나 즐거운 일이었다.

이벤트전에서는 온갖 기괴한 짓을 해도 퍼포먼스로 넘어갈 수 있었다.

하지만 방금 전 상진의 투구는 퍼포먼스이되, 퍼포먼스만으로 해석할 수 없었다.

'말도 안 된다고!'

함께 그라운드에 올라와 있던 선수들의 얼굴이 일제히 굳었다.

다른 폼으로 공을 던지는 건 백번 이해할 수 있었다.

오늘은 올스타전. 이벤트니까 저런 걸 퍼포먼스로 보여 줄 수 있었다.

하지만 문제는 그게 아니었다.

'공 두 개가 전부 스트라이크존 안에 들어갔다고?'

투수는 자신에게 익숙한 투구 폼을 고집하고 정형화되게 마련이다.

서로 다른 폼으로 던지면 웬만한 투수들은 제구가 무너진다.

스트라이크존 안에 들어갈 수 없는 공을 던질 수는 없지 않은가.

그런데 방금 전에 던진 공 2개는 서로 다른 폼임에도 불구하고 전부 존 안으로 들어갔다.

'실전에서도 쓸 수 있는 수준일까?'

'방금 전에 147킬로미터가 나왔지? 언더핸드로 던진 건 142킬로미터였고.'

'설마 왼손으로도 던지는 건 아니겠지?'

이상진을 보는 모든 선수의 표정은 그들의 마음을 대변해 주듯 기묘했다.

하지만 이상진은 그저 웃으면서 공을 던졌다가 놓았다가를 반복하며 몸을 풀 뿐이었다.

[타자의 포인트는 55입니다.]

지금은 올스타전이다.

다른 때보다 포인트가 높은 타자들이 몰려 있는 지금, 상진은 한정된 세 명의 타자들만 잡아먹을 수 있었다.

하지만 1번 타자로 나온 고정욱의 포인트는 마음에 들지 않았다.

ㅡ안타! 안타입니다! 고정욱 선수가 안타를 치고 1루로 나갑니다!

ㅡ이상진 선수가 스리쿼터로 던진 공을 통타!

ㅡ타구 속도가 너무 빨라서 더 못 나가는 게 아쉬울 뿐이네요.

1루로 나가서 춤을 추며 세리머니를 하면서도 고정욱은 약간 어안이 벙벙했다.

마지막 공은 자신이 오리라 예측했던 코스 그대로 날아왔다.

실투였을까? 아니면 일부러 그랬을까?

상진은 무덤덤한 얼굴로 다음 투구를 준비했다.

[식사 시간이 되었습니다.]

[타자의 포인트는 123입니다.]

씩 웃었다.

2번 타자로 올라온 강남 그리즐리의 타자, 미누엘의 포인트를 보며 웃을 수밖에 없었다.

저런 포인트가 바로 자신이 원했던 수치였다.

스킬을 얻을 때까지 필요한 포인트는 300.

이걸 완전히 채우려면 100포인트가 넘어가는 선수들만 주로 노려야 했다.

이번에도 초구는 사이드암으로 던졌다.

"스트라이크!"

유연한 곡선을 그리며 횡 방향으로 극심한 변화를 보이는 투심 패스트볼에 미누엘은 대처를 하지 못했다.

스트라이크존을 벗어나는 공을 노려봤지만 배트 끝에 스쳤을 뿐이었다.

"와우!"

미누엘은 감탄하면서 배트를 고쳐 쥐었다.

올스타전이라서 가볍게 즐기려고 했었다.

그런데 이렇게 진심이 가득 담긴 공이 들어오면 생각을 바꿀 수밖에 없었다.

미누엘의 표정과 분위기가 바뀌자 상진은 씩 웃었다.

다음에 던진 공은 초구와 마찬가지로 사이드암으로 던졌다.

가볍게 휘어지는 공에 미누엘의 배트가 한 타이밍 빠르게 움직였다.

하지만 이번에는 투심이 아니라 체인지업이었다.

종으로 떨어지면서 동시에 횡으로 휘어지는 공은 배트에 맞아 힘없이 앞으로 굴러갔다.

─2루수부터 유격수! 1루수로 이어지는 4─6─3 병살타!

─2루수 박신우와 1루수 박경호가 서로 하이파이브! 여기에 유격수 김훈성이 동참합니다!

─서로 팔짱을 끼고 둥글게 둥글게 춤을 추네요.

하지만 상진은 셋의 춤을 망연자실한 얼굴로 바라봤다.

[타자를 아웃시켰습니다. 123포인트가 지급됩니다.]

[주자를 아웃시켰습니다. 55포인트가 지급됩니다.]

[현재 상한선 416 포인트를 달성하였으므로 코인이 1개 지급됩니다.]

[알림: 이벤트 시스템이 가동 중이므로 병살타 등의 보너스 포인트는 지급되지 않습니다.]

이제 남은 포인트는 122포인트.

그리고 다음 타자는 인천 드래곤즈의 최자석이었다.

얼마 전에 자신에게 4타수 동안 안타를 하나도 뽑아내지 못했던 최자석은 즐기는 듯한 표정으로 타석에 올라왔다.

그래도 웃는 얼굴과 달리 분위기는 정반대였다.

"와우, 겁나는데?"

그때 최자석이 배트를 들더니 중앙에 있는 전광판을 가리켰다.

예전부터 몇몇 타자들이 하던 예고 홈런이었다.

―최자석 선수가 배트로 전광판을 가리키는군요.

―오늘 이상진 선수를 상대로 홈런을 치겠다는 예고 홈런의 표시인가요?

―두 선수의 올스타전 맞대결이 흥미롭게 흘러가고 있습니다.

―어? 이상진 선수도 손가락을 세 개 펴서 보여 주고 있네요. 저건 공 3개로 삼진을 잡아내겠다는 뜻인가요?

―예고 홈런과 예고 삼진. 과연 어느 쪽이 승리할 수 있을까요?

본래 주고받는 게 있어야 올스타전이다.

네가 그렇게 나온다면 나도 이렇게 나와 주마.

서로에 대한 대항 심리라고 해도 관중들을 흥미롭게 해 주는 것이 오늘의 책무다.

상진과 자석은 서로를 향해 전의를 불태우면서도 올스타전의 본질은 잊지 않았다.

'그래도 순순히 홈런을 맞아 줄 생각은 없으니까.'

초구는 아까 상대했던 두 타자들과 마찬가지로 사이드암으로 던졌다.

사이드암으로 던진 공은 슬라이더.

원래 횡으로 변화하는 슬라이더인데 공을 던질 때 더욱 강하게 잡아채니 공의 움직임이 더 심해졌다.

최자석은 순간 움찔하면서 스트라이크존을 아슬아슬하게 통과하는 공을 지켜봤다.

"장난 아닌걸?"

최자석은 감탄하며 혀를 내둘렀다.

구속은 130킬로미터일 뿐이어도 변화가 매우 심했다.

게다가 사이드암이라 약간 떠오르는 듯해 현혹되기 쉬워 보였다.

'게다가 저렇게 제대로 된 공을 던지는 사이드암 투수가 한국에 거의 없다는 게 문제지.'

정확히는 미국 메이저리그를 뒤져 봐도 사이드암 투수는 매우 희귀했다.

던지기 어려워서라기보다는 단점이 명확해서였다.

보통 좌우놀이라고 부르는 플래툰 시스템이 유행하는 이유는 타자가 반대 손 투수에게 유리하다.

그 이유는 공을 더 오래 지켜볼 수 있어서인데 사이드암이나 언더핸드 같은 경우는 오버핸드나 스리쿼터에 비해서 더 오래 볼 수 있었다.

투구 폼의 의외성으로 잠시 버틴다고 해도, 눈에 익는다면 얻어맞기 십상이다.

'그럼 다음에는 언더핸드 차례일까.'

이렇게 예상하면서도 최자석은 골치가 아파 왔다.

안 그래도 이상진의 구종은 꽤 다양했다.

게다가 각 구종별로 숙련도도 상당했기에 허투루 상대할 만한 투수가 아니었다.

그런데 투구 폼까지 여러 종류로 늘어난다면 어떤 구종을 어떤 폼으로 던질지 알 수 없다.

'게다가 같은 구종이라도 다른 폼으로 던지면 궤적이 전혀 다르지.'

언더핸드로 던진 2구째 역시 그 예상대로 됐다.

투심 패스트볼로 던진 공은 마치 떠오르는 듯이 보여서 순간 배트가 앞으로 나갔다.

하지만 걸어 올리려고 휘두른 배트는 공의 아랫부분을 때리는 데 그쳤다.

포수의 머리 위로 날아간 공이 그물망에 부딪치는 모습을 보며 최자석은 한숨을 내쉬었다.

"미치겠네."

생소한 투구 폼인 데다가 변화구는 예리했다.

작년에 봤던 모습과 올해 초에 봤던 모습, 그리고 전반기가 끝난 올스타전에 보는 모습이 너무나도 달랐다.

고개를 돌려 보니 관중석에 걸려 있는 플래카드가 눈에 들어왔다.

[충청 호크스의 불사조, 한국 야구의 팔색조]

올해 기적처럼 부활해서 누구보다도 다재다능한 모습을 보여 주는 이상진에게 딱 맞는 말이었다.

최자석은 작게 한숨을 내쉬면서 배트를 고쳐 쥐었다.

마지막까지 최선을 다한다.

그것이 자신이 원하는 길이었다.

따악!

"어?"

맞추기 힘들지도 모른다고 생각하며 휘둘렀는데 공이 배트에 맞는 감각이 느껴져 당황했다.

하지만 당혹스러워하는 이성과 별개로 몸은 이미 1루를 향해 뛰고 있었다.

그런데 이상진이 손으로 중견수 쪽을 가리키고 있었다.

'뭐지?'

그때 깨달은 사실에 흠칫 놀랐다.

자신의 공이 날아가는 중견수의 뒤편에는 전광판이 있다.

설마 홈런인가, 하고 바라보니 중견수가 뒤로 돌아 포구 자세를 잡고 있었다.

그리고 공은 가볍게 중견수로 출장한 이찬웅의 글러브 안으로 빨려들어 갔다.

"허, 그것 참."

최자석이 허탈한 미소를 짓는 것과 동시에 아나운서와 캐스터의 목소리가 터져 나왔다.

―최자석 선수의 타구가 중견수에게 잡힙니다!

―공 3개를 던져서 아웃시키겠다는 이상진 선수의 예고도, 전광판 쪽을 가리켰던 최자석 선수의 예고도, 모두 들어맞은 셈이 됐네요.

―비록 홈런은 나오지 않았지만요. 하하하.

―이상진 선수가 환하게 웃고 있군요. 이렇게 감정을 절제하지 않는 모습도 올스타전의 묘미죠.

더그아웃으로 돌아오는 길.

상진은 누구보다도 환하게 웃고 있었다.

[이벤트 상한 포인트 2천 점을 달성하였습니다.]

[랜덤 박스가 지급되었습니다.]

물론 다른 사람들이 생각하는 것과 다른 의미였다.

이제는 누구라도 상대할 수 있다.

최자석을 상대하며 [먹을 때는 개도 안 건드린다] 스킬을 사용하지 않았다.

상진은 자신감이 충만해지는 걸 느끼며 팬들을 향해 손을 흔들어 보였다.

*　　　　*　　　　*

올스타전은 나눔 팀이 8 대 6으로 승리를 거두었다.

1회가 끝나고 교체된 상진은 응원을 하면서 팬들에게서 받은 음식들을 모두 처리했다.

9회까지 끊임없이 먹어 대던 그의 모습은 카메라에도 종종 잡힐 정도로 관심을 모았다.

"엄청나네."

"이걸 한 사람이 전부 먹었다는 거야?"

올스타전이 끝나고 뒷정리를 하던 구단 직원들과 청소부들 마저 경악시킬 정도의 잔해들이 남아 있었다.

"그래도 뼈는 따로 구분해서 놔뒀네. 치우기 정말 좋아."

"이상진 선수는 인성이 좋으니까. 아까 우리한테도 일일이 인사하면서 나갔잖냐."

올스타전이 끝났어도 이상진에게 보내는 팬들의 사랑은 끝날 줄 몰랐다.

중간에 이상진이 1루 주루코치 자리로 나가자 팬들이 일제히 함성을 질러 댔고 그에 화답하는 일도 있었다.

이렇게 화려한 올스타전을 치르고 난 상진은 여전히 싱글벙글 웃고 있었다.

KTX를 타고 집으로 돌아가는 길에도 상진의 미소는 사라질 줄 몰랐다.

"웃다가 죽겠다. 뭐가 그렇게 좋냐?"

"이벤트전에서 얻은 이벤트 선물이 좋아서 그렇죠."

그래서 눈앞에 저승사자가 불쑥 나타나도 아무렇지 않게 웃어줄 만한 여유도 있었다.

영호는 어처구니없다는 듯 웃으면서 다리를 꼬며 맞은편 자리에 앉았다.

"그거 무임승차예요."

"어쩌라고. 어차피 영체화해서 다른 사람한테는 보이지도 않아."

"나한테도 안 보였으면 좋겠는데요."

"지금 뭐라고 했냐?"

"어이구, 귀가 잘 안 들리시나 봐요?"

저승사자에게 깐족거리면서 상진은 시스템 창에 있는 랜덤 박스를 바라봤다.

이 안에서 무엇이 나올지는 몰라도 일단 스킬이 나올 수도 있다.

"뭐가 나왔으면 좋겠냐?"

바로 눈앞에서 팔짱을 끼고 있는 영호의 질문에 상진은 잠시 고민했다.

지금 상진에게 있어서 가장 명백한 약점은 체력이다.

기초 체력을 키우기 위해 단련을 꾸준히 하고 포인트를 쌓아 능력치를 올렸어도, 그 점만큼은 변함이 없다.

"체력을 보조해 주는 스킬이면 좋겠죠."

[사용자: 이상진]
—체력: 95/100
—제구력: 94/100
—수비: 82/100

─최고 구속: 시속 154킬로미터

─평균 회전수: 2,387RPM

─보유 구종: 포심 패스트볼(A), 커브(A), 슬라이더(A), 체인지
업(A), 투심 패스트볼(A)

─보유 스킬: 먹어서 남 주냐, 먹을 때는 개도 안 건드린다,
일찍 일어나는 새가 먹이도 많이 잡는다, 둘이 먹다가 하나 죽
어도 모른다, 맛있게 먹으면 0칼로리

─남은 코인: 18

스킬 [일찍 일어나는 새가 먹이도 많이 잡는다]는 선발로서
의 능력치를 보정해 준다.

하지만 그것도 초반 3회까지만 적용될 뿐.

그 이후에 투구 수가 늘어나면서 떨어지는 체력은 어찌할 도
리가 없었다.

"그럼 까 봐."

"안 그래도 까 볼 겁니다."

[랜덤 박스를 개봉합니다.]

두근거리는 가슴을 안고 상진은 빛을 내며 열리는 스킬 박
스를 바라봤다.

[체력이 5 상승하였습니다.]

"야이! 씁!"

"푸하하핫! 체력이 5 올랐냐? 크허헉!"

다행히 KTX의 같은 차량에 상진 혼자뿐이었기에 민폐는 되

지 않았다.

얼굴이 시뻘게진 채로 벌떡 일어난 상진은 씩씩거렸고 영호
는 숨넘어갈 듯이 웃고 있었다.

"어떻게 스킬도 아니고 꽝을 뽑냐. 푸하핫! 푸크크큽!"

"웃지 마세요! 젠장!"

잔뜩 성질을 부리면서 자리에 앉던 상진은 뭔가 다른 메시
지를 발견하고 눈을 휘둥그레 떴다.

[체력이 최대 수치를 달성하습니다.]

[체력 수치의 상한선이 110으로 올라갑니다.]

[체력 능력의 상한선을 돌파하였으므로 보상이 지급됩니다.]

[투구 수에 대한 페널티가 변경됩니다.]

그리고 가장 맨 아래쪽에 표시된 메시지에 상진은 자신도
모르게 중얼거렸다.

"이게 뭐시여."

[체력 저하 수치가 완화됩니다.]

고삐 풀린 미친놈

   올스타전이 끝나고 다시 후반기 시즌이 시작되면서 충청 호크스의 행보도 빨라졌다.

   전반기 94경기를 치르며 거둔 성적은 46승 48패에 6위.

   5할이 조금 안 되는 성적이었기에 가을 야구를 하기에 매우 아슬아슬했다.

   "다들 잘 쉬었냐?"

   "잘 쉬었죠. 올스타전 다녀오시느라 고생 많으셨어요."

   후배들의 인사를 받아 주면서 상진은 라커 룸에서 옷을 갈아입었다.

   내일부터 다시 후반기 경기에 들어간다.

   며칠 쉬었다고 뿌득거리는 근육을 풀기 위해서라도 오늘은 트레이닝을 좀 해야 했다.

옷을 갈아입고 트레이닝실로 들어간 상진은 스트레칭을 한 후에 트레드밀 위에 올라갔다.

그걸 보던 충청 호크스의 선수들은 빙그레 웃었다.

올스타전 브레이크가 시작되며 휴식기에 돌입했을 때부터 왠지 허전했었다.

그런데 상진이 트레이닝실에 모습을 드러내자 왠지 안심이 됐다.

뭔가 없어졌던 게 돌아온 기분이었다.

"역시 트레이닝실에는 상진이가 있어야지."

"대균이 형 왔어요?"

"그럼 와야지."

함께 올스타전에 나갔던 대균은 주위를 휘휘 둘러보다가 고개를 갸웃거렸다.

평소에는 체력 관리를 위해 몇 시간씩 트레드밀 위에서 살다시피 하던 상진이었다.

간혹 재환과 대균이 질러 하면서 아예 살림을 차렸다고 할 정도였다.

그런데 오늘은 얼마 뛰질 않았다.

"그런데 오늘은 웬일로 대충하는 기분이다? 벌써 내려와?"

"체력은 이제 적당한 거 같으니까요."

"네가 적당한 거 같다면 됐지."

예전 같았다면 걱정하고 또 염려했을 대균이었다.

하지만 방금 전에 그가 한 말에서는 상진에 대한 진한 신뢰가 묻어 나왔다.

"그런데 사이드암은 잘 던지더라. 언제 연습했냐?"

"어쩌다 보니까 그렇게 됐죠."

"어쩌다 보니 그렇게 되긴. 내가 널 잘 아는데. 고생 많았다."

재활을 하며 팔이 올라가지 않을 때, 눈물을 흘리며 차선으로 짜냈던 대책이었다.

오버핸드로도, 스리쿼터로도 던질 수 없다면 옆구리 투수라도 되어야 한다.

야구에 대해 놓을 수 없던 열망으로 한때 준비했던 투구 폼이었다.

스리쿼터로 던질 수 있게 되면서 쓸 일이 없었지만 올스타전에서 좋은 모습으로 보여 줄 수 있는 것만으로도 만족스러웠다.

"올스타전 때 일부러 보여 준 거냐?"

"글쎄요?"

"내가 널 데뷔 때부터 봐 왔는데 모르겠냐? 아무튼 잔머리 쓰는 데는 골 때리는 데가 있어."

상진은 씩 웃으면서 엄지손가락을 치켜세웠다.

대균의 말대로 올스타전에서 사이드암과 언더핸드 투구를 보여 준 건 일종의 무력시위였다.

너희가 나를 공략하는 데 더 골치 아프게 만들어 주겠다.

이런 뜻이었다.

"여태까지 수집한 정보가 있을 테니까요. 요새 야구는 정보전이잖아요?"

"정보를 수집해서 분석을 해 놓고도 못 치는 경우가 있기는 하지."

"저처럼요?"

"올해 한 시즌 잘한다고 콧대만 높아져서는. 그래, 너처럼 말이다, 너처럼."

올해 언터처블이라는 말이 어울릴 정도의 압도적인 투구를 보여 주고 있었다.

그런 상진이 내준 실점은 단 1점.

다른 팀에서 수도 없이 연구를 해도 상진을 무너뜨릴 수 없던 이유는 의외성, 그리고 대응력이었다.

상대 팀이 패턴을 연구해서 그걸 파훼하려고 해도 상진은 가볍게 패턴을 바꾸며 넘고갔다.

게다가 이번에는 사이드암과 언더핸드로 던지는 모습까지 보여 줬다.

후반기에 상진과 상대할 팀들 입장에서는 머리가 복잡해질 수밖에 없다.

"올해 팀을 우승시키는 게 목표라고 했지? 그건 변함 없느냐?"

"딱히 변한 건 없어요. 5위라도 하면 가능성은 0.1퍼센트라도 있는 셈이니까요."

"여태껏 5위에서부터 업셋한 팀은 없어."

"그럼 만들면 되죠."

상진의 자신만만함에 대균은 질린다는 표정을 지으면서 운동기구를 내려놓았다.

옆에서 함께 벤치프레스를 하던 상진도 들고 있던 기구를 내려놓으면서 가볍게 어깨를 풀었다.

"전례가 없다면 우리가 전례를 만들면 돼요."

"너는 가능하겠지만 팀은 어떻겠냐?"

그 말에 상진은 대답하지 않았다.

충청 호크스라는 팀의 전력은 아슬아슬했다.

자신이 빠진다면 단숨에 하위권으로 처박힐 정도의 전력.

믿을 만한 베테랑은 드물었고, 눈앞에 있는 김대균 역시 에이징 커브로 인해 기량이 급하락하는 중이다.

하지만 후배들은 제대로 성장하는 모습을 보여 주지 못하고 있다.

"가능성이 낮다는 건 알고 있어요. 그래도……."

"그래도?"

상진은 담담하게 미소 지었다.

늘 그렇듯 자신은 가능성이 있다면 도전한다.

왜냐하면 가능하기 때문이다.

"제가 도전하는 건 불가능하지 않기 때문이니까요."

1퍼센트의 가능성이라도 붙잡는다.

자신의 재활이 그러했고 부활이 그러했으며 목표를 향해 나아가는 지금도.

그것이 불가능하다고 생각한 적은 없었다.

*　　　*　　　*

올스타전이 끝나고 첫 등판은 이상진으로 결정됐다.

외국인 투수 둘의 성적보다 이상진의 성적이 훨씬 좋았으니 당연한 일이었다.

그리고 상대로 낙점된 대구 스타즈의 전력분석팀은 발 빠르게 움직였다.

"미치겠군. 정말 미치고 환장하겠어."

"하필 이상진이라니."

"1점이라도 따낼 수 있을까?"

그나마 위안으로 삼을 수 있는 건 대구 스타즈의 선발투수가 맥캔지라는 사실이었다.

그는 다른 팀에게는 약하더라도 충청 호크스에게 천적이라고 불릴 정도로 압도적인 투구를 선보였다.

이번에 선발 등판하는 것도 코칭스태프가 충청 호크스를 저격하기 위해서였다.

"선발로 이상진이 나온다면 우리도 꺼내 들 수 있는 최강의 카드를 꺼낸다."

대구 스타즈는 39승 1무 54패로 8위에 머무르고 있었다.

지금 상황에서 5위를 노리는 건 현실적으로 무리가 있었다.

하지만 이상진에게 꺾이는 것만큼은 죽어도 싫었다.

후반기가 시작되는 첫 경기에서 패한다면 위로 반등하지 못하고 아래로 처박힐 가능성이 컸다.

"그나마 무승부는 노릴 수 있겠네요."

"무승부 같은 소리."

김영수 감독은 이를 갈면서도 대책을 마련해 두고 있었다.

그게 이번에 맥캔지를 등판시키는 이유이기도 했다.

"맥캔지는 충청 호크스에 노히트노런을 기록했던 투수야. 적어도 9회까지 버텨 줄 거라는 계산은 있지."

"하지만 이상진도 9회까지 버티지 않겠습니까?"

"그렇겠지. 그래도 이상진이 강판된다면 우리는 연장을 노려본다."

김영수 감독은 오늘 경기가 쉽게 끝나지 않으리라 예상했다.

이상진에게서 점수를 빼앗는 건 매우 어려운 일이다.

충청 호크스 또한 맥캔지를 공략하는 데 어려움을 겪고 있다.

그렇게 되면 결국 1점을 누가 먼저 내느냐의 싸움이 된다.

"그래도 전력분석팀에서 공략법을 내놓지 않았습니까?"

"전부 네 가지나 된다지? 저걸 다 시험해 볼 수 있을까? 9회까지 타순은 3번 돌겠지. 하지만 그걸로 끝이야."

게다가 올스타전에서 보여 줬던 사이드암, 언더핸드 투구 폼도 계속 마음에 걸렸다.

140킬로미터 이상이 나오면서도 변화가 심한 것과 동시에 제구도 제대로 잡혔다.

올스타전에서 1이닝 동안 던진 공은 모두 스트라이크.

단 한 번도 볼로 판정 난 공은 없었다.

"이상진의 약점은 단 하나, 체력이야."

"투구 수를 늘리는 쪽으로 가야 한다는 말씀이시군요."

"어쩔 수 없어. 이상진은 현 시점에서 한국 최고의 투수야. 이것만큼은 인정하고 가야 해."

컴퓨터만 켜면 모든 투수 상위 지표에 이상진의 이름이 올라가 있다.

탈삼진이 벌써 130개를 돌파했고, 이닝당 출루율도 0.6을 마크하고 있었다.

WAR, 대체 수준 대비 승리 기여 지표에서도 명백하게 드러나고 있었다.

"WAR을 14나 기록하고 있는데, 인정하지 않을 수가 없지."

더군다나 충청 호크스는 주전 유격수인 하주식을 비롯해서 주전 선수들이 부상 때문에 자주 출전하지 못했다.

그럼에도 불구하고 이상진은 수비 지표까지 계산에 포함되는 WAR에서 독보적인 1위를 달리고 있었다.

"다른 지표도 엄청나죠."

"그러니까 우리는 맥캔지를 투입하는 거다. 맥캔지라면 9회까지 충청 호크스를 꽁꽁 묶어 놓을 수 있으니까."

이쯤 되면 다른 팀들도 비슷한 생각을 하고 있을 것이다.

김영수 감독은 데이터를 뒤적이면서 이를 벅벅 갈았다.

이상진을 직접 공략할 수 없다는 건 자존심이 상했다.

하지만 승리를 위해서는 무엇이든지 해야 했다.

"그동안 너무 이상진에게 신경을 쏟고 있었어."

무너뜨려야 할 건 이상진이 아니었다.

바로 충청 호크스였다.

"이번 경기에서 이상진이 아무리 날뛰어도 팀이 이기지 못한다면 아무런 의미가 없다는 걸 보여 주마."

*   *   *

경기는 김영수 감독의 예상에서 딱 반만 맞았다.

1회부터 4회까지 이상진은 안타를 하나도 내주지 않는 기염을 토해 냈다.

말 그대로 압도적이었다.

하지만 맥캔지의 사정은 조금 달랐다.

―안타! 충청 호크스가 맥캔지에게서 오늘 여섯 번째 안타를 뽑아냅니다!

―4월에 당했던 노히트노런을 오늘에서야 갚아 주는 듯합니다.

―벌써 3점째 점수를 내주고 있는 맥캔지!

―오늘 경기의 성적이 좋지 않으면 맥캔지 선수, 이번 시즌 첫 번째 웨이버 공시가 되는 외국인 선수가 될 수도 있습니다.

맥캔지는 하얗게 질린 얼굴로 타석에 서 있는 호크스의 타자를 바라봤다.

지난번 경기까지만 해도 자신의 공에 전혀 대처하지 못하고 당하던 선수들이었다.

그래서 오늘도 손쉬울 거라 생각했는데, 오히려 난타당하고 있었다.

4회를 끝내고 내려가면서도 의아함을 감추지 못했다.

'분명히 지난번에는 이렇게 해서 잘됐었는데.'

김영수 감독도 의아한 얼굴이었다.

맥캔지는 4회까지 열두 개의 아웃 카운트 중에 7개의 삼진을 잡아냈다.

그걸 봐서 삼진을 만들어 내는 건 문제가 없었다.

그런데 안타를 얻어맞는다는 건 어딘가 이상이 있다는 뜻이었다.

"재미없게 됐는데."

"아무래도 분석당한 모양입니다."

"하지만 삼진을 잡아내곤 있잖아."

탈삼진을 잡아내는 것에 비해서 안타를 맞는 횟수가 기하급수적으로 늘어났다.

여태까지 충청 호크스를 상대했던 3경기 동안 맥캔지가 맞은 안타가 6개였다.

그런데 오늘 그와 똑같은 개수의 안타를 4이닝 동안 얻어맞고 있었다.

정상적인 결과가 아니었다.

"대체 어떻게 된 거지?"

"투구 패턴을 읽혔다고 봐야 하지 않을까요?"

삼진을 잡아내는데, 안타를 얻어맞는 경우는 분명 패턴을 읽혔다고 봐야 했다.

하지만 지난번까지 전혀 맞추지 못하던 타자들이 공을 맞춰 안타를 만들어 내는 이유를 알 수가 없었다.

"그렇다고 패스트볼만 노리는 건 아닌데."

맥캔지의 주 무기는 95마일에 달하는 포심 패스트볼.

그리고 그에 시속 30킬로미터 가까이 차이나는 커브였다.

제구가 안정된 편은 아니라 가끔 볼을 내주기는 해도, 이렇게까지 난타당할 만한 스타일은 아니었다.

"잠깐? 볼넷?"

"네? 아아. 오늘 맥캔지가 볼넷으로 출루시킨 건 두 번입니다."

"아니야. 그게 아니야."

김영수 감독은 미간을 찌푸리며 다시 생각에 잠겼다.

오늘 맥캔지의 투구에 어딘가 문제가 없었는지.

상대 팀인 충청 호크스의 타자들이 어떤 식으로 맥캔지의 투구에 반응했는지.

하나하나 짚어나가기 시작했다.

하지만 도무지 원인을 알 수 없었다.

"젠장! 이번에는 커브를 노리다니!"

맥캔지는 패스트볼과 커브의 투 피치 투수였다.

제구가 잘 안 된다는 점은 있어도, 강력한 구위의 포심 패스트볼로 아웃 카운트를 착실하게 잡아 나갔다.

그런데 패스트볼이나 커브, 둘 중 하나로 집중되는 게 아니라 골고루 맞고 있었다.

어느 구종 하나가 집중 공략 된다는 말이 아니었다.

"대체 어떻게 된 거지?"

그때까지도 김영수 감독은 맞은편 더그아웃에서 이상진이 웃고 있단 사실을 눈치채지 못했다.

*   *   *

투수의 심리라는 건 매우 미묘하고 복잡하다.

흔히 부부라고 불릴 정도로 가까운 사이면서, 배터리를 꾸리는 포수도 투수의 비위를 맞추는 데 힘겨워한다.

"하여튼 변덕이 죽 끓듯 한다니까."

이렇게 말할 정도로 재환도 종종 당했었다.

패스트볼 사인을 내더라도 슬라이더가 날아온다든가 하는 일은 흔한 편이었다.

그만큼 투수의 심리는 단순하면서도 생각보다 복잡했다.

"당혹스럽겠네요."

"너 야구 그만두면 점쟁이나 해라. 그걸 어떻게 맞히냐?"

"아직 반도 못 맞혔어요."

1회 때부터 조용히 지켜보고 있던 상진은 노릴 공을 말하기 시작했다.

패스트볼인지, 커브인지. 아니면 거의 던지지 않는 슬라이더를 던질지.

다른 선수들은 반신반의했지만, 상진의 말대로 공을 노려봤다.

결과는 지금까지 반반이었다.

"맥캔지 선수한테 빙의라도 했냐?"

"반쯤은 그렇죠."

상진은 맥캔지 선수가 무슨 생각을 하는지 읽어 보려고 애를 쓰고 있었다.

1회 때 패스트볼의 구위가 좋은 걸 느낀 맥캔지는 계속 밀어붙였다.

상진의 구상은 딱히 별다를 건 없었다.

패스트볼이 공략당하기 시작하면 커브를 섞기 시작할 것이다.

커브가 맞기 시작한다면 간혹 결정구로 슬라이더를 사용할지도 모른다.

단순히 이것뿐이었지만, 이런 패턴 예측이 너무나도 잘 들어맞았다.

―안타! 오늘 충청 호크스의 10번째 안타가 터졌습니다!

―충청 호크스가 맥캔지 선수에게 당했던 걸 제대로 갚아 주

네요.

　―아! 투수 코치가 마운드로 올라오네요.

　―아무래도 투구 패턴이 공략당한 것 같으니 그걸 바꿔보려는 모양입니다.

　―오늘 승리하면 이상진 선수는 자신이 내세운 목표인 15승을 달성하게 됩니다!

　상대 팀의 투수 코치와 통역, 그리고 포수가 마운드로 향하는 모습을 보면서 씩 웃었다.

　"재환이 형은 어떻게 생각해요?"

　"음, 아무래도 구위가 좋은 패스트볼로 계속 밀고 가 보자고 하겠지?"

　"아마도 그럴 거예요. 오늘 패스트볼을 노렸는데도 구위에 밀렸거나, 아니면 맞히질 못했던 적이 있으니까요."

　최고 시속 155킬로미터까지 찍는 포심 패스트볼은 말 그대로 무시무시했다.

　나올 만한 타이밍이다 싶어서 노려 봐도 쳐 내기가 만만찮았다.

　그래도 그걸 적극적으로 공략해서 그나마 지금의 점수를 만들어 낼 수 있었다.

　"스트라이크!"

　"역시 패스트볼이네요."

　"어쭙잖게 커브를 던지다가 맞느니 차라리 구위로 밀어붙이

198　먹을수록 강해지는 폭식투수

겠다는 거지."

"그러면 형도 한 점 내 봐요."

"시끄러워. 그게 마음대로 되면 나도 5할 치고 있겠다."

재환은 장난기 가득한 얼굴로 투덜거리면서 대기 타석으로 나갔다.

포수에게 타격까지 기대하는 건 너무 큰 기대다.

하지만 상진이 이렇게 이야기하는 데는 전부 이유가 있다.

은근슬쩍 다가온 은일이 웃으며 말했다.

"요새 재환이 형 타율이 좋죠?"

상진은 고개를 끄덕이며 요 근래 경기의 기록을 살펴봤다.

전반기가 끝나기 전 10경기에서 재환이 기록한 타율은 4할 이 넘었다.

따악!

그리고 이번에도 그는 훌륭하게 기대에 부응했다.

─최재환 선수! 큽니다! 커요! 넘어간다! 넘어간다! 넘어갔습니다!

─강남 그리즐리에서 데뷔해서 이제 프로 14년 차가 된 최재환 선수! 충청 호크스에서 커리어 첫 시즌 10호 홈런을 때려 냅니다!

─올해 타격감이 정말 절정이네요. 수비형 포수라는 이야기를 듣던 최재환 선수가 올해 높은 타율을 기록하고 있습니다.

─커리어 하이 시즌이 아닌가 싶네요.

─충청 호크스로 트레이드된 이후 재능을 만개하고 있는 최재환!

상진은 씩 웃으면서 어깨를 풀었다.
시합은 아직 끝나지 않았다.

*　　　　*　　　　*

'평소보다 훨씬 짜증 나는 투구다.'
포수 강민우는 이맛살을 찌푸렸다.
이상진은 원래부터 골치 아픈 투수였다.
본래부터 포수인 자신도 짐작하지 못할 패턴으로 던졌었다.
그런데 올스타전 이후 간간이 섞어서 던지는 사이드암 투구
는 민우를 당혹스럽게 만들었다.
"스트라이크!"
투심 패스트볼을 던진다고 해도 스리쿼터로 던지는 것과 사
이드암으로 던지는 것에는 엄청난 차이가 있다.
이어진 바깥쪽으로 휘어지다가 떨어지는 투심 패스트볼에
도 꼼짝없이 당했다.
"스트라이크!"
"젠장. 어쩌다가 이렇게 된 거지? 미치고 팔짝 뛰겠네."
오늘 두 번째 타석임에도 전혀 대처가 안 됐다.
스리쿼터로만 던질 때는 그것에 맞춰서만 대처하면 됐다.

지금 이상진은 똑같은 구종을 다른 폼으로 던지고 있다.

그래서 던지는 그 순간의 구종만 체크하면 됐는데, 이제는 폼까지 확인하고 대처해야 한다.

타자로서는 한 박자 늦어질 수밖에 없었다.

"볼!"

그래서 지금도 마찬가지였다.

예전보다 볼을 통해 헛스윙을 유도하는 기술이 한층 더 좋아졌다.

지금도 바깥쪽으로 휘어지는 공에 하마터면 배트를 휘두를 뻔했다.

그나마 멈출 수 있어서 다행이었다.

"고생하시네요."

"대체 너희는 무슨 짓을 했길래 저런 괴물이 나온 거야?"

민우의 말에 재환은 킥킥거리면서 공을 상진에게 던져 주었다.

"우리가 만든 게 아니에요. 스스로 태어난 거죠."

"철학자 같은 소리를 하네. 그래도 공 던지는 건 네가 리드하지 않냐?"

"맞아요. 그러니까 다음 공도 알려 드릴까요?"

"뭔데?"

"슬라이더요."

민우는 구종을 듣고도 궁시렁거리면서 타석에 섰다.

알아도 못 치는 공이 있다는 사실은 예전부터 알고 있었다.

유형진의 서클 체인지업이나 김강현의 파워 슬라이더에 당한 게 몇 번인지.

그런데 그런 기분을 느끼게 해 주는 선수가 또 등장할 줄은 몰랐다.

"스트라이크! 타자 아웃!"

"이것 봐."

알면서도 못 치잖아.

재환은 왠지 모르게 민우의 뒷말이 들린 듯한 기분에 싱긋 웃을 뿐이었다.

다음에 이어서 들어온 박혜민도 비슷한 패턴이었다.

"스트라이크!"

가볍게 휘어 들어오는 슬라이더에 맥을 못 추고 헛스윙을 했다.

혜민은 뒷머리를 벅벅 긁으면서 상진의 투구 폼에 집중했다.

'조금 전에 민우 선배님 상대할 때 두 번째 투구는 사이드암으로 날아왔지?'

자신에게 던지면서 언젠가 사이드암으로 던지는 공이 날아오리라 짐작했다.

그리고 다음 순간 상진의 투구 폼이 순간 낮아졌다.

'사이드암!'

위아래로 변화하는 공보다 좌우로 변화하는 경우가 훨씬 많은 사이드암 투구.

그걸 발견한 순간 혜민은 기민하게 배트를 움직였다.

장타보다는 단타를 노리기 위해 짧게 잡은 배트는 주인의 의지대로 움직였다.

하지만 공은 원하지 않은 곳으로 뻗어 나갔다.

"파울!"

살짝 떠오른 공은 배트 위쪽을 맞고 위로 치솟아 올랐다.

다행히 펜스에 부딪치며 아웃이 되지는 않았어도 재환이 포수 마스크를 벗고 위를 쳐다봤을 때는 아찔했다.

'민우 선배님 말씀대로 답이 없어, 답이.'

구종을 신경 쓰자니 폼이 문제였고, 폼에 신경을 쓰자니 구종이 문제였다.

두 가지를 동시에 읽어 내고 대응하는 것부터가 익숙하지 않았다.

'다음은 사이드암? 스리쿼터? 그것보다 구종은 뭐가 날아오는 거지?'

많은 구종 중에 하나를 선택하든 지난번에 그저 카테고리가 하나 추가된 것뿐.

하지만 순식간에 늘어난 선택지에 혜민의 머릿속은 복잡해졌다.

그리고 머릿속이 헝클어진 타자는 투수의 공을 공략할 수 없다.

그것은 야구에서 변할 수 없는 철칙이었다.

"스트라이크! 타자 아웃!"

또다시 삼진.

이상진은 이닝을 마무리 지으며 10개째의 삼진을 잡음과 동시에 전광판을 바라봤다.

6회까지 피안타 0개.

그는 오랜만에 또 도전을 하고 있었다.

*   *   *

—6회까지 이상진 선수의 투구 수는 85개를 기록하고 있습니다!

—아직까지도 패스트볼의 구속이 150킬로미터를 넘나들고 있습니다. 정말 위력적인 투구네요.

—보통 투구 수가 80개를 넘기면 구속이 떨어졌는데, 올스타전 브레이크를 지나며 체력적인 면을 보강한 듯한 모습입니다.

—게다가 여태까지 볼넷 하나만 내주며 압도적으로 틀어막고 있습니다!

—지난번에는 실패했던 노히트노런! 오늘은 달성할 수 있을까!

6회까지 노히트노런.

볼넷 하나도 어쩌다 보니 내주게 된 셈이었다.

하지만 충청 호크스의 선수들은 노히트노런을 의식하기 시작했어도 오히려 집중력을 활활 불태우고 있었다.

"지난번엔 우리가 노히트노런을 당했었지?"

"맥캔지 등판했을 때 득점을 하지 못한 경기만 4번 있었지."

"오늘만큼은 반드시 갚아 주마."

[사용자: 이상진]
─체력: 100(−15)/110
─제구력: 94(−4)/100
─수비: 82
─최고 구속: 시속 155(−5)킬로미터
─평균 회전수: 2,387(−60)RPM
─보유 구종: 포심 패스트볼(A), 커브(A), 슬라이더(A), 체인지업(A), 투심 패스트볼(A)
─보유 스킬: 먹어서 남 주냐, 먹을 때는 개도 안 건드린다, 일찍 일어나는 새가 먹이도 많이 잡는다, 둘이 먹다가 하나 죽어도 모른다, 맛있게 먹으면 0칼로리
─남은 코인: 10

체력 수치가 100을 달성하며 페널티가 대폭 줄어들었다.

일단 투구 수가 60개가 넘어갈 때마다 10씩 깎이던 체력 수치의 하락 폭이 절반이 됐다.

그 외의 다른 스테이터스의 하락 폭도 줄어든 덕분에 투구 수가 80을 넘은 지금도 150킬로미터나 되는 패스트볼을 던질 수 있었다.

"왜 구속이나 구위가 떨어지지 않는 거지?"

비단 이렇게 생각하는 건 김영수 감독과 대구 스타즈의 선

수들만이 아니었다.

이쪽에서 이미 6점이나 내줬다고 해도 생각보다 이상진의 투구 페이스가 빨랐다.

이제 이상진이 마운드에서 내려가면 다음에 올라올 불펜 투수를 공략할 생각이었다.

그런데 구속이나 구위는 여전했고, 이상진이 내려갈 기미는 보이지 않았다.

"스트라이크! 타자 아웃!"

90번째 투구의 구속은 시속 150킬로미터를 전광판에 아로새겼다.

전반기의 데이터로 생각해 본다면 아무리 높아도 140킬로미터 중반까지는 내려왔어야 했다.

그런데 이상진은 눈 하나 깜짝하지 않고 마운드를 사수하고 있었다.

"정말 올스타전 브레이크 때 체력을 보강하고 나온 건가?"

"그러면 약점이 진짜 없잖아."

"아예 대놓고 구종 하나만 노려볼까?"

"그러기에는 너무 많잖아."

술렁거리는 선수단의 분위기를 뒤로하고 김영수 감독은 팔짱을 낀 채 그라운드를 바라봤다.

투구 폼에서도 버릇을 읽어 낼 수 없었고, 딱히 패턴이 일정한 것도 아니다.

구종은 다양하게 던질 수 있으며 올해 구위와 구속이 전부 좋아지며 건들 만한 공도 없어졌다.

무엇보다 제구력이 좋은 점도 골머리를 앓게 했다.

"이제는 체력까지 보완해 왔다니."

그나마 노려 볼 만했던 게 바로 8~9회에 구속과 구위가 저하된 이상진이었다.

올해 데이터로는 8회에 이상진의 피안타율은 2할이 조금 넘었다.

다른 투수들에 비해서 꽤 낮은 편이긴 했다.

하지만 1회부터 9회까지의 데이터를 통틀어 봤을 때, 이상진이 가장 많이 안타를 내준 때이기도 했다.

"정말 답이 없어졌네."

아무런 방법도 짜내지 못하는 자신이 한탄스러웠다.

김영수 감독은 그라운드를 바라보며 한숨을 내쉴 뿐, 아무런 대책도 짜내지 못했다.

하지만 상황은 점점 더 악화되고 있었다.

전광판에 이어지는 0의 행진.

이상진은 오늘 단 한 개의 볼넷만을 내주며 노히트노런을 기록하고 있었다.

"허허, 되로 주고 말로 받는다더니."

오늘 선발로 나온 맥캔지는 그동안 충청 호크스에게 극강의 면모를 보여 왔다.

노히트노런도 한 데다가, 무실점 경기만 두 차례 있었다.

그걸 오늘 전부 몰아서 받는 듯했다.

노히트노런의 기록 달성의 주인공이 될지언정 순순히 기록의 희생양이 될 수는 없었다.

"어떻게든 안타라도 하나 쳐 낸다. 이대로 노히트를 당할 수는 없단 말이다!"

7회가 끝났다.

평소보다 투구 수가 조금 많기는 했어도 이 정도라면 충분했다.

마운드에서 내려가면서도 무척이나 즐거운 마음으로 내려가는 이상진은 경고 메시지 정도는 가뿐하게 무시했다.

[경고: 투구 수가 90을 돌파하여 체력이 5 하락합니다.]

현재 체력은 15가 하락해서 80.

예전 같았으면 60구를 돌파했을 시점의 체력과 비슷했다.

몸의 근육은 아직도 공을 던질 수 있다며 꿈틀거리고 있었다.

"표정을 보니까 할 말도 다시 목구멍 뒤로 넘어가는구나."

한현덕 감독은 7회 초를 막고 들어오는 상진을 교체할 생각이었다.

하지만 표정을 본 순간 생각이 바뀌었다.

전반기에 7회를 끝내고 들어오던 상진과 지금의 상진은 전혀 달랐다.

그때는 무척이나 지친 얼굴을 하고 있었는데, 지금은 여유가 있었다.

"하핫. 설마 교체하실 생각이셨어요?"

"그럴까 했었지. 네가 던지고 싶다면 9회까지 맡기마."

체력이 약간 걱정되긴 했어도, 이제는 확실하게 믿는 카드였다.

기세도 좋은데 굳이 내릴 생각은 없었다.

전반기를 끝마치기 직전, 팀의 불펜이 불안한 기색을 보여 줬던 만큼 하루 정도는 더 온존할 필요도 있었다.

"불펜에 내려간 애들도 없는데 괜히 그런 말씀하지 마세요."

7회까지 노히트노런.

그리고 선발로 올라간 투수는 아직 여유가 있다.

8회가 어떻게 되느냐에 따라서 다르겠지만, 기록이라는 건 선수에게 소중한 법이다.

기회가 만들어졌으니 9회까지 던지게 하지 못할 이유는 없었다.

"마음대로 해라. 대신에 알지? 늘 네가 하는 말이니까 기억하리라 생각한다."

"물론이에요. 안타를 하나라도 맞는 순간, 내려가겠습니다."

언제나 하는 말을 다시 한번 꺼냈다.

예전에는 정말 근거 없는 자신감의 표현이라며 웃어넘겼다.

하지만 지금은 달랐다.

상진의 자신감을 표현해 주는 저 한마디는 그 어떤 말보다도 믿음을 주고 있었다.

그래서 반쯤 긴장이 풀린 한현덕 감독은 피식 웃으면서 덧붙였다.

"볼넷도 포함하자."

"에이, 이미 하나 줬잖아요. 노히트노런인데요?"

"그래서 마지막까지 줄 거냐?"

"당연히 아니죠."

"그럼 가 봐. 네 손으로 경기를 마무리 짓고 와라."

대전에 있는 홈 구장에 모여든 호크스의 팬들.

상진이 그라운드에 모습을 드러내자 그들은 전부 일어나 일제히 파도타기를 하기 시작했다.

파도타기는 마운드에 선 이상진이 손을 들어 올렸을 때 멈췄다.

그리고 구장 전체를 뒤흔들 정도로 커다란 함성이 터져 나왔다.

"와아아아아!"

그동안 잊고 있었던 감각이었다.

근 몇 년 동안 팬들이 소망하고 목말라했던 에이스 투수가 올해 나타났다.

처음에는 의심했다.

부상에서 몇 년을 허덕이며 팬들의 기대에서 벗어난 선수가 잠깐 반짝하는 게 아니냐고.

하지만 그게 한 달이 되고, 두 달이 되고 이제는 지난번에 놓쳤던 노히트노런마저 달성하기 일보 직전이 되자 의심은 사라졌다.

"이상진! 이상진! 호크스의 불사조, 이상진!"

응원가를 부르면서 자신의 이름을 연호하는 팬들을 올려다 보며 상진은 씩 웃었다.

자신이 왜 그토록 고통스러운 재활을 견뎌 내고 다시 그라운드로 돌아왔을까.

별다른 이유는 없었다.

그저 이런 환호를 받으며 공을 던져 보고 싶었을 뿐.

그리고 지금 자신에게 쏟아지는 팬들의 응원에 보답하고 싶었다.

그에 비해 대구 스타즈의 선수들은 죽을 맛이었다.

어떻게든 안타를 쳐서 나가고 싶었는데, 그럴 기회를 주지 않았다.

오히려 노히트노런이라서 더 문제였다.

'스트라이크를 잡으려고 발악하질 않고 볼도 섞어서 던지기까지 하니 도통 타이밍 잡기가 힘들다.'

노히트노런이면 볼넷을 아무리 더 준다고 해도 실점만 내주지 않는다면 깨지지 않는다.

단 한 명의 투수가 해당 경기의 모든 아웃카운트를 잡고 경기를 승리로 마치면서, 상대 팀이 그 경기에서 안타나 득점을 기록하지 못한 것.

상진은 오늘 대기록을 향한 발걸음을 멈추지 않았다.

"스트라이크!"

"빌어먹을!"

스리쿼터에 눈이 익을라 치면 날아오는 사이드암 투구에 빠른 대처가 힘들었다.

외국인 타자이자 스타즈의 4번 타자인 코틀랜드는 다시 한 번 이를 벅벅 갈면서 이상진을 노려봤다.

본래 그는 메이저리그에서도 사이드암 투수 상대로 성적이 매우 좋았다.

하지만 이상진에게는 전혀 달랐다.

사이드암과 스리쿼터를 섞어 던지는 이상진에게는 그도 적절한 대처가 어려웠다.

'빅 리그에서도 이런 투수는 없었어!'

메이저리그에서 뛰어 봤던 경험이 있는 그로서도 이런 유형의 투수는 처음이었다.

다른 투구 폼으로 던지면서 안정적인 제구력을 보여 주고, 다양한 구종을 구사하는 투수.

경기장 밖에서 봤다면 끝없는 존경심을 표할 수 있는 투수.

그리고 경기장 안에서 적으로 보는 지금은 온갖 욕설을 퍼부어도 모자를 투수였다.

'그렇다면 사이드암만 노려 본다.'

메이저리그에서 기록한 사이드암 상대 타율은 3할 9푼이 조금 넘었다.

사이드암 투구로 상대하려고 든다면 얼마든지 쳐 줄 생각이었다.

"볼!"

이번에는 스리쿼터로 들어오는 투심 패스트볼.

"스트라이크!"

투 스트라이크 원 볼까지 카운트가 몰릴 때까지 버텨봤다.

요 몇 년간 한국 프로 야구 리그에서 뛰며 숱한 투수를 만났고, 힘든 적응의 시기를 보냈다.

이제 와서 호락호락 당해 줄 마음 따위는 없었다.

"파울!"

이번에도 스리쿼터로 던진 슬라이더였다.

바깥쪽으로 휘어지는 슬라이더를 걷어 내면서 코틀랜드는 의아한 생각이 들었다.

'어째서 사이드암을 던지지 않는 거지?'

다음에 날아온 체인지업도 윗부분을 때리며 파울로 커트해 냈다.

자신에게 단 한 번도 사이드암으로 던지지 않았다.

고개를 갸웃거리면서도 코틀랜드는 사이드암을 계속 노렸다.

그리고 상진은 웃고 있었다.

'노리는 게 뻔히 보이는데 말려들 필요는 없지.'

코틀랜드의 데이터는 거의 다 손에 넣고 있었다.

메이저리그에서 사이드암에게 저승사자급으로 강했다는 것도.

웬만한 공은 담장 너머로 걷어낼 만한 장타력이 있다는 것도.

그러니 상진은 괜한 심리전에 휘말릴 이유가 없었다.

'초구부터 지금까지 계속 사이드암을 노리는 것 같은데 하나라도 던져 주나 봐라.'

사이드암을 주야장천 노리는 코틀랜드의 판단은 영리했다.

하지만 배트를 짧게 쥐고 휘두르는 궤적은 그가 무슨 생각을 하는지 고스란히 보여 주고 있었다.

그걸 읽어낸 이상 상진은 코틀랜드에게 말려들지 않았다.

"스트라이크! 타자 아웃!"

던지고 또 던졌다.

투수들이 평생을 던져도 단 한 번도 달성하지 못하는 기록 중 하나를 손에 넣는 영광의 순간을 위하여.

상진은 공을 쥐며 힘차게 포수의 미트를 향해 던졌다.

그리고 마지막 9회까지 틀어막는 순간.

상진은 두 손을 번쩍 들어 올리며 포효했다.

[알림: 첫 번째 노히트노런 업적을 달성하였습니다.]

[첫 달성 선물로 포인트 1천과 코인 10개가 지급됩니다.]

[포인트 상한선을 돌파하여 코인 2개가 지급됩니다.]

＊　　　　＊　　　　＊

「이상진, 노히트노런 달성. 국내 15번째 노히트 기록」

「충청 호크스, 노히트노런 기념 이벤트로 팬들과의 시간을 마련한다」

「국내 15번째 노히트노런 기록을 자신의 15승으로 채우다!」

「'유형진보다 낫다' 대단한 이상진, 팀 선배와의 비교 우위는?」

82년부터 시작된 한국 프로 야구의 역사 속에서 퍼펙트게임은 0회.

그리고 노히트노런은 총 14회가 있었다.

이번에 상진은 15번째 노히트노런의 주인공이 되면서 모든 스포츠 언론의 관심을 한 몸에 받았다.

—이것 보라고! 이상진은 해낼 줄 알았다니까!

└그래, 니네 선수 잘났다.

└배 아프냐? ㅋㅋ 지난번에 스타즈가 노히트 달성할 때는 겁나 좋아하더니.

└고스란히 돌려받쥬?

—이걸로 이상진이 한국 최고 투수인 건 증명됐다!

└한국 최고인 건 인정하는데, 메이저 가면 씹털리지 않을까?

└응. 우물 안 개구리.

상진의 노히트노런 달성에 인터넷 여론도 후끈 달아올랐다.

무엇보다도 대투수라고 불렸던 선수들 중에도 몇몇은 달성하지 못한 기록이었다.

오히려 생각지도 못했던 선수가 달성하는 경우가 더 많은 기록이기도 했다.

"살다 살다 이놈이 노히트노런을 달성하는 꼴을 볼 줄은 몰랐다."

상진이 선수단 전체에 돌린 피자를 먹으면서 인재는 어처구니없다는 듯 웃었다.

이놈이 파죽지세로 리그를 씹어 먹고 있긴 했어도, 설마하니 이런 기록을 세울 줄은 상상도 못 했다.

하지만 상진은 여전히 아쉽다는 표정이었다.

"볼넷 하나만 안 줬더라면 노히트노런이 아니라 퍼펙트게임을 달성할 수 있었을 텐데. 좀 아깝네요."

"이놈은 욕심이 끝이 없어. 진짜 질린다 질려. 그런데 진짜 신기한 건 따로 있지."

"뭔데요?"

"네가 먹을 거를 쐈다는 거?"

인재는 싱글벙글 웃으면서 한 살 어린 후배에게 악의 없는 농담을 쏟아 냈다.

"너는 콩 한쪽이 있으면 불려 먹을 놈이지, 나눠 먹을 놈은 아니잖냐."

"거 사람을 어떻게 보고 그런 말을 하는 겁니까?"

"먹을 거에 환장한 놈으로 보니까 하는 거지."

그래서 오늘 피자를 쏜 것도 놀라움의 연속이었다.

상진이라면 혼자서 다 먹을지언정, 좀처럼 누구에게도 먹을 것을 잘 나누어 주지 않았다.

사실 그게 당연한 일이었다.

그게 다 포인트를 쌓을 밑거름이 될 텐데 넘겨주고 싶겠는가.

"그러고 보니 오늘이 발표지?"

「김경달 감독, 프리미어 12에 참가할 대표 팀 1차 예비 엔트리 발표 예정」

올해 말 세계 야구 소프트볼 총연맹에서 주최하는 국제 야구 대회인 프리미어 12에 출전할 대표 팀 명단이 공개된다.

몇몇 야구 선수들은 국가 대표를 그저 병역의무를 해결하는 용도로 생각하는 경우가 있다.

하지만 그렇지 않은 선수들도 상당했다.

특히 이상진이 그랬다.

자신의 몫으로 배정된 피자를 마저 입에 밀어 넣은 상진은 옆에 있는 가방에서 다른 음식들을 꺼냈다.

그리고 삶은 달걀 하나를 까서 입 안에 넣는 상진을 보며 인재는 다시 웃음을 터뜨렸다.

언제 봐도 느끼지만, 상진이 먹는 모습을 보면 밥을 먹었어도 배가 고파질 정도로 복스럽게 먹는다.

"그런데 너는 어차피 국가 대표에 안 뽑혀도 상관없지 않나?"

"그래도 국가 대표로 뽑혀서 국제 대회에 나가보고는 싶어요. 여태까지 단 한 번도 뽑혀 본 적이 없잖아요?"

과거 고관절 수술을 받은 경력 때문에 상진은 공익 근무 요원으로 복무하라는 판정을 받았다.

그리고 이후에 이어진 어깨와 팔꿈치 수술로 인해 재검을 받은 상진은 면제까지 이어졌다.

"너도 사서 고생하려는 놈이다. 차라리 FA 되기 전에 했으면 얼마나 좋았겠냐."

"그랬으면 FA 일수도 더 빨리 채웠겠죠."

부상만 없었더라면 올림픽이나 WBC 같은 굵직굵직한 대회에 참가할 수 있었을지도 몰랐다.

이제 와서 굳이 태극 마크에 목매달 이유는 없었다.

그래도 국가 대표가 되고 싶은 생각은 있었다.

군 면제 따위는 아무래도 좋았다.

대승적으로는 국가를 대표한다는 영예를 손에 넣고 싶었다.

그리고 개인적으로는 커리어에 국제 대회 우승이라는 한 줄을 추가하고 싶은 욕심이 있었다.

"국가 대표로 활약한다면 그것만큼 좋은 것도 없으니까요."

무엇보다 유럽이나 미국 등의 다른 나라 선수들과 싸울 수 있다.

메이저리그, 마이너리그, 혹은 도미니카나 쿠바에서 뛰는 선수들과도 붙을 수 있다면 그것만큼 좋은 경험도 없다.

그리고 국제 대회가 열리면 분명 해외의 스카우터들이 몰려오게 된다.

국내의 선수들을 상대하는 것이 아닌, 국제 대회에서 타국의 선수들을 상대로 벌이는 투구도 새로운 쇼케이스로 적당할 것이다.

"야! 명단 발표됐단다!"

드디어 국가 대표 1차 예비 엔트리 명단이 발표됐다.

휴게실에 모여 피자를 먹고 있던 선수들의 시선이 모두 명단을 들고 들어온 송신우 코치를 향해 집중됐다.

국제적 먹튀

WBSC 프리미어 12.

2019년에 패넌트레이스가 끝나고 벌어지는, 국제야구연맹 랭킹 상위 12개국이 참가하는 국제 대회다.

내년에 열리는 올림픽에 비하면 병역 특례 같은 혜택이 없기에 약간 급이 떨어지는 것처럼

여겨진다.

하지만 이것 역시 국제 대회.

국가 대표라는 이름은 가벼울 리 없다.

「WBSC 프리미어 12에 참가할 1차 예비 엔트리 90명 발표」

「약물 경력이 있는 선수, 과연 괜찮은가?」

「이상호, 이호찬 프리미어12 대표 팀 발탁… 한원희 제외」

이런 가운데 다들 주목받는 뉴스가 있었다.

「충청 호크스의 이상진, 국가 대표 첫 발탁」

이상진의 첫 국가 대표 발탁에 충청 호크스는 환호했다.

물론 1차 엔트리였고, 90명이나 되는 인원이 뽑혔다.

그래도 명단에 뽑혔단 사실에 상진은 뛸 듯이 기뻐했다.

"인마, 그렇게 좋냐?"

"형도 뽑혀서 좋잖아요."

"그거야 당연한 소리지."

이번에 충청 호크스에서 6명이 명단에 포함됐다.

상진과 재환을 비롯해서 우한과 상훈 등 팀 내에서도 좋은 성적을 거두고 있는 선수들이었다.

2차 엔트리에서 제외될 수도 있지만, 우선 뽑혔다는 사실만으로도 충분히 사기가 올랐다.

"그런데 별일이다? 네가 회식을 다 쏘겠다고 하고."

"아, 그거 상관없어요. 이게 있거든요."

구단에서 내준 법인 카드를 꺼내 보이는 상진을 보면서 재환은 기가 막힌다는 표정을 지었다.

"그거 그래도 돼? 너 먹으라고 내준 카드 아니야?"

"저 혼자 먹는 것만으로도 충분히 감당 안 된대요."

"그러니까 하는 말이잖냐."

개인이 먹는 데 쓰라고 줬는데, 다른 사람과 회식하는 데 사용해도 되나.

재환은 내심 불안해하면서 다 구워진 삼겹살을 입에 넣었다.

상진은 두세 점을 한꺼번에 쌈 싸서 입에 넣으며 말했다.

"다른 사람 껴서 먹어도 티가 안 나서 상관없대요. 단장님한테도 물어봤어요."

상진이 있으면 한 명이 추가되나, 두 명이 추가되나 그게 그거다.

재환은 박종현 단장의 이마에 주름이 늘어났을 걸 상상하며 작게 한숨을 쉬었다.

"앵간이 좀 처먹자. 너 때문에 구단 대들보 뽑히는 소리가 난다고 하더라."

"에이, 그렇게 망할 구단이었으면 진즉에 망했겠죠."

어느새 불판 위에 구워지던 삼겹살을 전부 입 안에 쓸어 담은 상진은 새로 고기를 깔았다.

재환은 그저 고기 한 점 먹었을 뿐인데, 불판 위가 싹 바뀌는 기묘한 현상이 벌어지고 있었다.

"그래. 아마 구단이 거덜 나면 그 범인은 너일 거 같다. 그리고 아주머니! 여기 불판 하나만 더 깔아 주세요."

"아니, 왜 하나를 더 깔아요?"

순식간에 익어 가는 고기를 뒤집는 숙련된 솜씨.

그러면서도 옆에 놓아둔 김치와 콩나물을 다시 뒤섞고 집어 먹는 손놀림.

이런 일이 한두 번이 아니라는 걸 보여 주는 상진의 움직임을 보며 재환은 그만 실소했다.

"니 입만 입이고, 우리 입은 주둥아리냐? 먹는 거로 뭐라고 하느니 그냥 네 전용 불판을 만드는 게 백배 편하다."

*　　　　*　　　　*

"부르셨습니까, 흑월 사자님?"

저승은 언제나 사람이 부족하다.

특히 지금과 같이 여름에서 겨울로 넘어가는 계절에는 갑작스러운 날씨 변화 때문에 돌연사하는 사람이 있다.

요 근래 상진과 만나지 못했던 영호나, 야구 경기를 보지 못했던 흑월 사자나 지친 얼굴이었다.

"무슨 일로 찾으셨습니까?"

"응? 아아, 별건 아니고 이거 때문에."

흑월 사자가 들고 있는 인간 세상의 신문은 스포츠 뉴스였다.

그리고 가장 앞면에 있는 얼굴은 영호도 익히 알고 있었다.

"이 녀석이 국가 대표가 됐다는 뉴스군요."

"축하도 해 주긴 해야겠지?"

"지난번에 줬던 선물로도 과분하지 않습니까. 그놈은 스스로 알아서 할 녀석입니다. 굳이 걱정은 안 해 주셔도……."

"네가 생각보다 그 사람을 믿나 보구나."

선물을 더 주지 않아도 알아서 할 녀석이다.

흑월 사자는 이 한마디에 영호가 상진을 어떻게 생각하는지 읽어 냈다.

그리고 씩 웃으며 한마디 더 했다.

"요새 그놈 보고 싶지?"

"뭐, 뭐라고 하시는 겁니까! 그딴 놈을 제가 왜 보고 싶어해야 합니까?"

"요새 하도 일이 많아서 만날 시간이 없으니 감정도 얼굴에 드러나더구나."

후배 저승사자의 표정 변화를 전부 읽고 있었다.

영호는 그저 입을 다물고 삐죽거리며 상사의 말에 불만을 드러냈다.

그 표정을 재미있다는 듯 바라보던 흑월 사자는 씩 웃으며 옆에 있던 상자를 밀었다.

"이거나 전해 줘라."

"이게 뭡니까?"

상자를 열어 보니 황금빛으로 빛나는 코인이 10개나 담겨 있었다.

그걸 어처구니없다는 듯 내려다보고 있자니 흑월 사자가 퉁명스럽게 말했다.

"챙겨 주시는 것치고는 좀 부족하지 않나요?"

"스킬을 직접 주면 너무 눈치 보이니 코인을 주는 거지. 이걸로 스킬이 나오든 능력치가 나오든, 그건 그놈 팔자겠지."

"그래도 챙겨 주려면 확실한 게 좋지 않겠습니까?"

"아까는 스킬 주는 것 가지고 뭐라고 하던 놈이 할 소리냐? 그리고 어차피 나도 네놈하고 같은 생각이다."

흑월 사자는 옆에 있던 궐련을 입에 꼬나물며 불을 당겼다.

그리고 저승에서 생산한 태블릿 PC를 손에 들며 야구 하이라이트 영상을 틀었다.

그 영상의 주인공은 노히트노런을 달성하는 이상진이었다.

"나도 이놈이 도움을 받아서 크는 게 아니라 스스로 쌓아 올리는 모습을 보고 싶거든."

＊　　　　＊　　　　＊

과거 충청 호크스에서 뛰었던 레전드 투수이자 미국에서 코치 연수를 받고 돌아온 정민우는 한국에 돌아와서도 바쁘게 움직였다.

특히 친정팀인 충청 호크스의 구단 관계자들과 접촉이 잦았다.

그것 때문에 미국에서 친분이 있던 스카우터들의 연락에 시달려야 했다.

"이상진을 관찰한다고?"

"오케이! 물론이지! 구단에서 이상진을 집중적으로 살펴보라고 했어."

스카우터들이 메이저리그나 마이너 리그에서 뛰고 있는 선수들을 관찰하는 건 상대 팀의 전력 분석과 더불어 트레이드 카드를 확인하기 위해서였다.

특정 목표를 잡고 관찰하는 일은 그렇게 많지 않았다.

그건 아시아 시장에서 더욱 심했다.

메이저리그에서 뛸 만한 기준을 갖춘 선수는 그리 많지 않았고, 나이나 현실적인 요건에 의해 좌지우지되는 경우가 많았다.

그리고 그런 요건을 갖췄다고 해도 막상 미국에 진출했을 때 적응에 실패하는 경우도 있었다.

"컵스에서는 뭐라고 하는데?"

"올해 압도적인 퍼포먼스를 보여 주는데 FA 계약은 1+1년이라고 하니 가능성을 타진해 보라고 했지."

평소 친분이 있던 마이클이 한국에 왔다길래 얼굴이나 볼까 해서 마련한 자리였다.

그런데 팀 후배에 대해 이런 이야기를 듣게 될 줄은 몰랐다.

그러면서도 한편으로는 묘하게 납득하고 있었다.

"확실히 그럴 만한 실력을 가지고 있긴 하지."

"게다가 어제 경기에서 체력 문제도 보완했다던데? 100구 이전에 체력이 급격히 하락하던 현상이 사라졌어! 그것도 시즌 중반에! 원더풀! 보통의 투수라면 체력이 떨어져도 이상하지 않을 시기에 체력을 끌어올린 거라고!"

민우는 흥분해서 제멋대로 떠들기 시작한 마이클을 말렸다.

하지만 한번 흥분해서 텐션이 올라갈 대로 올라간 마이클은 멈추지 않았다.

"내년에도 똑같은 활약을 할 수 있다면 아시아권에서 최고의 투수라고 말하겠어! 오타니? 유형진? 다르빗슈? 전부 필요 없어."

"좀 진정해라. 네가 이상진을 높이 평가하는 건 알겠는데 부상 경력이 있는 선수라는 것도 알잖아."

"그러니까 하는 말이지. 지난번에 도핑 테스트 논란이 있던 거 기억해? 그건 미국에서도 꽤 화제였어."

도핑 테스트를 받고 그 결과에 이목이 집중되어 기자회견까지 했다.

메이저리그에서도 그렇게 흔한 일이 아니었기에 한국에서 벌어지는 일에 관심을 가졌다.

"그때 공개됐던 신체 데이터를 손에 넣었거든."

"어떻게? 구단에서 순순히 내주지 않았을 텐데?"

자신이 예전에 코치로 있었던 만큼 프로세스는 정확히 알고 있다.

구단에서 선수 개인의 신체 데이터를 순순히 내줄리 없었다.

그런데 마이클이 말한 정보원은 어처구니없는 곳이었다.

"응? 당연히 안 내주지. 내가 이걸 얻어 낸 건 선수 본인이거든."

"선순 본인이라고? 이상진이 직접 내줬다고?"

"응. 왜?"

민우는 어처구니없다는 듯 웃음을 터뜨렸다.

그리고 속셈이 손바닥 들여다보듯 훤히 보였다.

동시에 마이클이 어째서 자신을 만나자고 했는지도 알아챘다.

"하여튼 너는 여전히 일하고 사생활을 구분 못 하는 놈이구나?"

"그게 내 장점이자 단점이니까."

"예전에 이상진하고 같은 팀에서 코치와 선수 관계였던 나한테도 정보를 뜯어내려고 불러냈던 거냐?"

"당연하지! 예전의 이상진은 어땠는지, 수술을 할 때 부상은 얼마나 심했는지. 그리고 요새 근황에 대해서는 얼마나 알고 있는지. 궁금해! 너라면 좀 더 자세한 이야기를 알잖아?"

그때 민우의 휴대폰이 울리기 시작했다.

휴대폰의 액정에 떠오른 이름과 번호를 물끄러미 바라보던 민우는 피식 웃었다.

"누구야?"

"네가 상상할 수 있으면서 상상 외의 사람."

"그래서 누구냐고."

다음 순간 대답을 들은 마이클의 얼굴이 탈색된 듯 하얗게 굳어졌다.

"스캇 딘 보라스."

*   *   *

스캇 보라스.

미국에서 구단의 악몽, 악마의 에이전트라고 불리는 슈퍼 에이전트였다.

그가 손을 댄 선수는 대부분 고액의 계약을 챙긴다고 할 정도로 유명했다.

"스캇 보라스가 제안을 해 왔다고요?"

"자신의 고객이 될 생각이 없냐고 하더라."

로테이션을 위해 휴식을 취하던 상진을 찾아온 민우는 거두절미하고 본론부터 꺼냈다.

그리고 그 이야기를 옆에서 함께 듣던 한현덕 감독과 박종현 단장의 표정은 묘하게 구겨졌다.

"요 근래 메이저리그의 구단에서 스카우터를 많이 보낸다 했더니."

"그런데 설마 스캇 보라스가 손을 뻗칠 줄이야."

지금 미국에 진출한, 과거 충청 호크스에 있었던 유형진이나 광주 내셔널스의 윤철민 같은 경우도 그와 계약을 했었다.

그 외에도 숱한 유망주, 혹은 대형 선수들이 그와 손을 잡고 있었다.

"우선은 네 개인의 에이전트 계약이 될 거다. 하지만 구단에서도 에이전트가 누구인지는 알아야겠지."

"그렇겠죠."

상진은 순순히 고개를 끄덕였다.

이번에 스캇 보라스와 자신 사이를 연결시켜 주는 정민우가 충청 호크스에서 어떤 위치에 있는 사람인지는 알고 있다.

작게는 자신의 팀 선배였고, 크게는 충청 호크스의 레전드.

더 나아가서는 한국 프로 야구의 레전드로 자리잡고 있는 사람이었다.

구단을 배려하는 건 당연한 일이었다.

"너의 FA 계약은 기본 1년에 옵션 1년이라고 알고 있다. 그 계약이 끝남과 동시에 메이저리그의 팀들에게 오퍼를 넣으려고 생각한다더라."

그 말에 박종현 단장과 한현덕 감독의 얼굴이 하얗게 변했다.

팀 최고의 투수가 또다시 메이저리그로 유출되는 일이 생기게 됐다.

물론 FA 계약의 연수가 적은 것도 있으니 막을 수는 없다.

"네가 그와 에이전트 계약을 맺을 생각이라면 중간에서 충분히 잘 연결해 주려고 한다. 그래서 네 생각을 물으려고 오늘 찾아온 거야."

대승적으로 생각한다면 당연히 찬성할 일이었지만, 구단의 입장에서는 좋게 생각할 일은 아니었다.

그리고 해외 진출을 한 선수들이 100퍼센트 성공한다고 보장할 수는 없었다.

"스캇 딘 보라스라."

상진은 곰곰이 생각에 잠겼다.

스캇 보라스와 계약을 한다면 높은 금액으로 미국의 구단들과 계약을 할 수 있다.

그는 선수의 개인 데이터를 최대한 이용하면서 구단을 쥐고 흔드는 대형 에이전트.

그와 계약을 한다면 미국 진출에도 용이할 것이다.

그리고 결론을 내렸다.

"안 하겠습니다."

"그래. 그러면 내가 연락을 해서 계약을 추…진……. 응? 뭐라고?"

당연히 수락할 거라고 생각한 민우는 당황한 얼굴이 됐다.

팀 선배였고, 코치로도 함께했던 과거의 레전드를 보며 상진은 다시 한번 못 박았다.

"스캇 보라스와 계약은 하지 않겠습니다."

                    *   *   *

하도 오랜만에 얼굴을 봐서 반갑기는 했다.

하지만 상진은 용서를 할 수 없는 두 가지가 있다.

하나는 완성된 요리를 탐내는 것이오, 하나는 요리하고 있는 음식을 탐하는 것이었다.

"거, 자꾸 침 흘리지 마요."

"관심 없다. 손님을 이렇게 야박하게 대하는 놈한테는 나도 관심 없다."

툴툴거리면서 침대에 누운 영호는 엎드린 채로 물었다.

"그런데 넌 메이저리그에 가는 게 꿈이라고 하지 않았냐?"

"정확하게는 메이저리그를 씹어 먹는 거랬죠."

한 바퀴 왼쪽으로 구른 영호는 고개를 갸웃거렸다.

그로서는 상진의 이야기도, 행동도 이해되지 않았다.

메이저리그에 간다면 그쪽 에이전트와 계약을 맺는 편이 훨씬 빠르고 좋은 방법이다.

"씹어 먹든 주워 먹든 간에 메이저리그에서도 손꼽히는 스카우터라고 하지 않았냐? 그런 사람의 제의를 왜 거절한 거냐?"

"제가 원하는 계약을 해 줄 사람이 아니니까요."

"네가 원하는 계약이 뭔데?"

상진은 그저 씩 웃고 대답하지 않았다.

아직은 하늘 위의 뜬구름을 잡고 있는 듯한 생각만 가지고 있다.

메이저리그로의 진출.

야구 선수라면 누구나 꿈꾸는 일이다.

엄청난 부와 명예를 양손 가득 쥘 수 있는 일.

그래서 스캇 보라스는 자신의 기준에 부합하는 에이전트가 아니었다.

"스캇 보라스라는 사람은 장사꾼이에요. 선수를 상품으로 포장해서 그 가치를 최대한 올리고 메이저리그의 구단에게 파는 거죠. 가치가 과장된 줄 알면서도 살 수 없게 만드는 사람이에요."

"그래서? 네 가치를 잘 포장해 주면 그것도 좋잖아?"

상품의 가치는 올라가면 올라갈수록 좋다.

하지만 상진은 그걸 단호히 거부했다.

"가치를 포장해서 과장해서 보여 주면 뭐가 남을까요?"

"돈이 남겠지."

"하지만 저는 돈만을 보고 메이저리그에 가려는 건 아니에요. 돈이라면 올해 옵션으로 벌어들이는 것만으로도 충분하니까요."

영호는 헛웃음을 지으면서 다시 침대에서 뒹굴거렸다.

그리고 상진도 먹을 걸 만들면서 피식 웃었다.

딱히 별다른 걸 원하는 건 아니다.

돈을 벌기 위해 메이저리그에 가는 건 어리석은 일이다.

물론 돈을 많이 번다면 좋은 일이긴 했다.

하지만 메이저리거가 되는 순간부터 돈은 자연스럽게 뒤따라온다.

프로 선수에게 있어서 좋은 성적이 많은 돈으로 바뀌는 건 자연스러운 일이다.

"그래서 어떤 에이전트를 원하는데?"

상진이 원하는 에이전트.

"딱히 에이전트는 상관없어요. 그저 제 가치를 충분히 알아 줄 만한 구단을 찾아 줬으면 좋겠죠."

"그 가치는 돈 아니냐?"

"그렇지는 않아요. 팀이 나아갈 방향과 감독의 성향, 구단의 비전. 이 모든 것들이 일치하는 팀을 원해요."

그렇기에 스캇 보라스는 아니다.

메이저리그에서 구단들은 선수 가치와 그에 들어가는 비용은 동등하게 여긴다.

마찬가지로 보라스도 돈을 곧 가치로 생각하고, 자신을 돈을 많이 주는 구단에 보낼 것이다.

하지만 상진은 보다 큰 틀에서 메이저리그의 구단을 대하고 싶었다.

자신을 올바른 방향으로 써 주고 제대로 된 가치를 알아줄 구단.

그런 구단을 구해 줄 만한 에이전트라면 얼마든지 환영한다.

"그리고 올해가 끝나도 미국에 가지는 못해요."

"어째서?"

"구단하고 맺은 계약 때문이죠."

구단과의 FA 계약은 1+1년이다.

올해 우승을 한다면 그걸 조건으로 풀어 달라고 할 수는 있다.

하지만 상진은 냉정하게 충청 호크스의 현 전력은 우승 전력이 아니라고 생각했다.

"충청 호크스는 올해 우승하지 못할 거예요."

"그런데 넌 우승을 이야기했잖아?"

"네. 하지만 저는 선발투수죠. 제가 승리를 거둔다고 해도, 팀 동료들이 패한다면 의미가 없어져요."

냉정하게 자신이 무리를 해서 팀을 우승으로 올려놓을 수 있긴 했다.

하지만 과거 혹사를 해서 망가졌던 경험이 그 결단을 주저하게 만들었다.

무엇보다 의미가 없다고 생각했다.

"우승은 저 혼자 만드는 게 아니에요. 저 자신은 언제나 최선을 다할 생각이에요. 하지만 제가 어느 정도 뒷받침이 된다고 해도, 팀이 어느 정도의 수준이 되지 않는다면 불가능한 일이죠."

과거 한국 시리즈에서 4승을 거뒀던 전설의 선배님처럼 할 수 있으면 좋겠지만, 그러기에는 아직 체력에 문제가 있다.

무엇보다 그런 식으로 무리를 한다면 오히려 메이저리그에 진출하는데 지장이 생길 수 있다.

한국이나 일본에서 극도의 혹사를 당하고 메이저리그에 진출한 선수들.

그들의 결말이 어떻게 끝났는지 상진은 이미 알고 있다.

"그런데 오늘은 왜 온 거예요?"

"응? 아아, 선물이 있어서 왔지."

"선물요?"

잠깐 뒤를 돌아본 상진은 저승사자가 웬 상자를 꺼내 드는 걸 보며 고개를 갸웃거렸다.

"그게 뭔데 그래요?"

"보면 깜짝 놀랄걸?"

"먹을 거 아니면 별로 관심도 없어요."

"아, 그래?"

시큰둥한 반응을 보이자 영호는 씩 웃으면서 상자 안에 들어 있는 걸 하나 집어 들었다.

그리고 그걸 상진을 향해 던졌다.

식탁 위를 날아가 상진의 등에 맞은 코인은 그대로 흡수됐다.

[코인 1개를 획득하였습니다.]

"어?"

프라이팬으로 야채와 소시지를 볶던 상진은 화들짝 놀라며 다시 뒤를 돌아봤다.

침대 위에서 상자를 열고 있는 영호는 코인 하나를 손에 들고 허공에 던지며 놀고 있었다.

"이제 좀 관심이 생기냐?"

"그거 코인입니까? 얼른 주시죠?"

"돈에는 관심 없다면서? 코인도 돈이야."

"현금하고 코인은 다르죠."

"그러면 좀 먹을 거나 내놔 봐라. 사람이 찾아왔으면 좀 대접을 해 줘야지. 지놈 먹을 것만 만들고 말이야."

상진은 씩 웃으면서 만들던 소시지 야채 볶음을 그릇에 담아내놓았다.

오랜만에 집에서 해 보는 요리였지만, 생각 이상으로 잘됐다.

그리고 그 감상은 바로 앞에서 돌아왔다.

"맛있는데? 코인 가격은 하네."

"그러니까 얼른 주시죠?"

이렇게 물물교환은 양쪽 모두 만족하면서 끝났다.

*   *   *

스캇 보라스가 계약을 제안했고, 이상진이 그걸 거부했다는 소식은 순식간에 퍼져 나갔다.

하지만 세간에서 자신의 해외 진출을 놓고 이야기하는 게 아무런 관계없다는 듯, 상진은 무심히 경기를 준비했다.

그래도 마음이 약간 들뜨는 건 어쩔 수 없었다.

그건 고스란히 경기에서 드러났다.

―이상진 선수가 4개월 만에 실점을 허용합니다!

―4월에 최자석 선수에게 솔로 홈런을 허용한 이후 실점이 없던 이상진 선수.

―그동안 하도 내려가서 더 내려갈 곳이 없던 방어율이 살짝 상승하네요.

인천 드래곤즈와의 10차전에 등판한 상진은 오랜만에 홈 플레이트를 밟는 선수를 보면서 어깨를 으쓱거렸다.

점수를 내준 것도, 한 이닝에 안타를 2개 이상 허용해 본 것도 오랜만이었다.

특히 상진이 등판할 때마다 승리를 거둘 것을 상정했던 충청 호크스의 더그아웃은 충격에 휩싸였다.

그걸 지켜보던 재환은 포수 마스크를 벗으며 타임을 요청했다.

지금은 더그아웃에서 이성을 되찾을 시간도, 상진을 진정시킬 시간도 필요했다.

"괜찮냐?"

"형은 늘 마운드에 올라오면 그 말부터 시작하더라고요. 당연히 괜찮죠."

마운드에서 자신을 맞이하는 상진을 보며 재환은 한숨을 내쉬었다.

방금 전에 2연속으로 안타를 맞았어도 상진의 표정에는 아직 여유가 있었다.

그게 다행이라고 생각하면서 약간 날 선 듯이 말했다.

"왜 맞은 건지는 알지?"

"요새 기분이 좀 싱숭생숭했으니까요."

스캇 보라스에게 제의를 받았다는 사실을 물 흐르듯 넘기긴 했어도 역시 들떠 버렸다.

명경지수.

마음에 흐림이나 혼탁함, 흔들림 없이 맑고 고요한 마음가짐을 유지해야 하는데, 그걸 하지 못했다.

"그럼 다음 공부터는 제대로 가는 거다?"

"그건 당연한데요."

"말하지 않아도 알아. 이번에는 어떤 심술을 부릴 생각이냐?"

"사인을 보낼게요. 어서 가 보세요."

재환을 본래의 자리로 돌려보내면서 상진은 마음을 가라앉혔다.

올해 실력이 꾸준히 발전하면서 이제 한국에서 자신과 비교할 선수는 그리 많지 않았다.

이미 인터넷에서 사람들은 상진을 과거의 레전드와 비교하는 이들도 있다.

하지만 아직도 부족한 점이 많다.

특히 멘탈적으로 아직도 들쑥날쑥한 점이 남아 있었다.

'스캇 보라스가 나에게 관심을 기울였다는 것만으로 이렇게 들뜨다니.'

상진은 가만히 눈을 감고 숨을 골랐다.

마음을 가라앉히고 조용히 자신의 목표를 되새겼다.

한국 프로 야구에서의 우승, 메이저리그로의 진출.

그리고 전 세계적인 프로야구 선수로서 이름을 새기는 것.

"좋아."

순식간에 평소의 마음가짐을 되찾은 상진은 차분한 얼굴로 공을 만지작거렸다.

그립을 잡기 위해 글러브 안의 공을 굴리며 실밥을 찾던 그는 히죽 웃었다.

"1점을 가져간 대가는 톡톡히 치러야겠지?"

상진이 인천 드래곤즈의 타자들에게 혹독한 대가를 치르게 해 주겠다며 벼르던 그때.

경기가 열리고 있는 인천에 뜻밖의 손님이 와 있었다.

마이클과 함께 메이저리그의 스카우터들과 이야기를 나누던 민우는 저 멀리에서 보이는 얼굴에 흠칫 놀랐다.

그리고 마이클 역시 놀란 눈으로 그를 바라봤다.

"스캇 보라스?"

"저자가 왜 한국에?"

슈퍼 에이전트 스캇 보라스의 모습에 메이저리그의 스카우터들이 전부 긴장했다.

민우 역시 자신과 안면이 있는 그를 보고 침을 삼켰다.

구단의 악몽이라는 이름답게, 그는 등장 자체만으로 주위를 긴장하게 만드는 악명을 갖고 있었다.

"김강현 때문에 왔을까?"

"김강현은 내일 등판하잖아. 그렇다면 오늘은 이상진이 목적이겠지."

스카우터들이 떠드는 소리를 들으며 민우는 살짝 미소를 지었다.

저들은 보라스가 이상진에게 계약을 제의했음을 모른다.

그래서 저런 이야기를 하는 것이다.

그때 마이클이 슬쩍 눈짓을 하는 게 눈에 들어왔다.

"이상진이겠지?"

"아마도 그렇겠지."

마이클은 민우가 보라스의 연락을 받는 걸 바로 옆에서 봤다.

그래서 당연히 보라스의 목적이 무엇인지 알 수 있었다.

물론 보라스는 자신과 계약을 한 김강현의 상태도 보러 왔을 것이다.

내후년이면 김강현의 FA 기간도 끝나니 다시 한번 메이저리그로의 진출을 타진해 보려는 생각일 수도 있다.

그리고 그 외에 다른 이유도 있을지 몰랐다.

그는 적어도 한두 가지 볼일만으로 움직이는 사람이 아니었으니까.

"오우, 미스터 정, 오랜만입니다."

서둘러 자리를 피하려고 했지만 스캇 보라스는 그리 호락호락하지 않았다.

순식간에 민우의 위치를 파악한 그는 웃으면서 포옹까지 하며 민우에게 인사를 했다.

웃는 얼굴에 침을 뱉을 수 없다고 했던가.

민우는 열렬하게 자신을 반가워해 주는 그를 뿌리치고 갈 수 없었다.

"오랜만입니다, 보라스. 한국에는 무슨 일로 온 겁니까?"

"비즈니스가 있으면 어딜 못 가겠습니까. 아시아에서는 한국이 일본 다음으로 재능 있는 선수들이 있으니까 둘러볼 겸 왔지요."

"김강현 선수 말씀이군요."

"오우, 그 선수도 좋은 재능을 가지고 있지만 다른 재능 있는 선수도 얼마든지 있죠."

재능 있는 선수라는 말에 민우는 자신도 모르게 그라운드를 바라봤다.

그곳에는 8이닝 동안 80구 가까이 공을 뿌리고 있는 충청 호크스의 에이스가 있었다.

"저곳에도 하나 있군요."

"미스터 정을 통해서 연락을 넣어 봤지만 제 손을 뿌리친 선수죠."

장난스럽게 웃으면서 혀를 내미는 보라스였지만, 민우는 그걸 순수하게 받아들이고 싶지 않았다.

겉으로는 이렇게 우스꽝스럽게 행동해도 뱃속에는 구렁이가 몇 마리나 들어 있는지 모를 야바위꾼이었다.

말 한마디라도 실수하면 그대로 당할 수 있다.

그래서 민우도 그와는 친분은 있으되 비즈니스적인 측면에서 선을 딱 긋고 있었다.

"그래서 한 번 더 오퍼를 넣어 볼 생각입니까?"

"물론입니다. 그러니 미스터 정에게도 한 번 더 부탁을 하고 싶군요."

"무슨 부탁이길래 그럽니까?"

그가 무슨 이야기를 꺼낼지 어렴풋이 짐작하고 있던 민우는 결국 체념했다.

"미스터 리. 상진과 만나고 싶습니다."

예상했던 대로 그의 목적은 이상진이었다.

*   *   *

9회까지 완투하고 마운드에서 내려왔다.

오늘도 충실하게 포인트를 쌓은 상진은 개운한 얼굴이었다.

선물로 받은 코인과 함께 오늘까지 30개를 모았다.

포인트 상한선이 확 오른 후부터 코인 하나하나의 소중함을 되새겼다.

그래서 완투승과 더불어 쌓인 포인트가 오늘따라 너무 사랑스러웠다.

조만간에 날 잡아서 코인을 몰아서 사용해야겠다고 생각했다.

'어떤 스킬이 또 나오려나. 능력치도 팍팍 오르면 좋을 텐데.'

이런저런 생각을 하며 원정 숙소로 돌아온 상진은 왠지 모르게 분위기가 어수선한 걸 깨달았다.

선수들이 숙소에 들어올 때는 원래 시끌벅적했다.

그런데 오늘은 평소보다 더 심했다.

"무슨 일이죠?"

"글쎄? 누가 찾아왔나?"

경기가 끝나고 샤워를 했어도 달아오른 몸의 열기가 아직 빠지지 않아 땀이 조금씩 배어 나왔다.

이마에 다시 맺힌 땀을 손등으로 닦던 상진은 저쪽에서 낯선 외국인의 모습을 발견하고 얼굴을 굳혔다.

약간 후덕해 보이면서 부드럽게 휘어진 눈매.

서양인 특유의 자글자글한 주름은 오히려 그의 이미지를 부드럽게 만들어 주고 있었다.

문제는 눈빛이었다.

'날카롭다.'

타자들이 투수를 해부해 보려고 노려보는 듯한 기분과 비슷했지만, 조금 달랐다.

상대를 잡아먹으려고 분석하는 게 아니다.

마치 좋은 사냥개인지 아닌지를 품평해 보는 사냥꾼의 눈이었다.

"헤이, 미스터 리?"

그리고 자신을 보자마자 위아래로 훑어보고는 바로 말을 걸어왔다.

이미 얼굴을 알고 있다는 말과도 같았다.

상진은 씩 웃으면서 손을 내밀며 인사를 했다.

"안녕하세요. 내가 이상진입니다."

"오! 만나 보고 싶었습니다, 미스터 리."

상진은 조용히 구단 직원에게 눈짓을 했다.

다른 선수들과 엮이고 있으면 아무래도 이야기하기가 껄끄럽다.

구단 직원도 알겠다는 눈짓을 하고는 어딘가로 급히 연락을 했다.

아마도 박종현 단장이겠지.

그리고 외국인 투수들을 위해 준비됐던 통역들도 서둘러 달려왔다.

국제적 먹튀 247

그렇게 숙소의 빈방을 이용한 회담장이 급히 꾸려졌다.

"미스터 리, 나는 무척이나 바쁜 사람입니다."

"나도 바쁩니다. 그리고 피곤합니다. 당신은 100구 넘게 던진 투수를 데리고 시간을 오래 끌지는 않겠죠."

바쁘다는 이유로 기선을 제압해 보려고 했던 보라스는 어안이 벙벙하다는 표정을 짓더니 너털웃음을 터뜨렸다.

"바로 본론으로 들어가겠습니다. 저와 계약을 해 주십시오."

"바로 대답을 드리죠. 거절하겠습니다."

말을 영어로 바꿔 주던 통역사와 한현덕 감독마저도 벙한 얼굴로 두 사람을 번갈아 봤다.

하지만 두 사람의 얼굴에는 별다른 표정 변화가 없었다.

예상했던 질문이고, 예상했던 대답이라는 반응이었다.

"이유를 들을 수 있겠습니까, 미스터 리?"

"당신은 돈을 쫓는 사람이죠, 보라스 씨."

"그렇습니다."

"그렇다면 당신은 저의 에이전트가 될 수 없습니다. 저는 돈보다는 명예를 추구하는 사람이니까요."

보라스는 통역을 통해 대답을 듣고는 입꼬리를 슬쩍 올렸다.

상진은 그 웃음이 마치 세상일을 모르는 애송이를 보고 웃는 듯해서 기분이 약간 상했다.

중간 소개 역으로 끼게 된 민우는 침묵을 지키며 양쪽을 불안한 시선으로 둘러봤다.

"내일 일정은 전부 취소하게."

"알겠습니다, 보스."

"보라스가 내일 스케줄을 전부 취소한다고 합니다."

상진은 그 이야기에 눈을 반짝였다.

내일 스케줄까지 전부 취소한다는 걸 눈앞에서 이야기한다는 건, 자신과 협상하는 데 전력을 기울이겠다는 말과도 같았다.

"미스터 리, 내일 점심에 시간 괜찮습니까? 선발로 던진데다가 완투를 하고 지친 투수를 밤늦게까지 붙잡는 건 결례라고 생각되는군요."

"좋습니다. 그러면 내일 낮에 뵙도록 하죠. 개인 연락처는 드리기 껄끄러우니 구단을 통해 연락을 해 주십시오."

구단 직원이 주는 번호를 받아 든 보라스는 묘한 미소를 지으며 자리에서 일어났다.

그가 다시 숙소로 돌아가자 상진은 크게 숨을 내쉬었다.

그리고 곁에 있던 한현덕 감독은 웃음을 터뜨렸다.

"살다 살다 보니 이런 모습을 두 번이나 보게 될 줄은 몰랐네."

"유형진 선배 말씀이세요?"

"그놈도 그렇고, 너도 그렇고. 하여튼 메이저리그에 갈 놈들은 배짱이 두둑하단 말이지."

"유형진 선배는 어땠는데요?"

한현덕 감독은 피식 웃으면서 천장을 바라봤다.

그의 눈빛은 과거를 회상하며 살짝 떨렸다.

"그놈도 스캇 보라스에게 제의를 받고 에이전트 계약을 맺었다고 하면서도 마치 당연한 듯이 행동했지. 자기가 메이저리그에 가는 게 당연한 것처럼 말이야."

"제가 기억하는 유형진 선배답네요."

언제나 자신감 넘치고 간혹 그게 너무 넘쳐서 자만으로도 이어지던 팀 선배.

그리고 지금은 메이저리그에 진출해서 평균자책점 1위를 찍으며 그 누구보다도 빛나는 영광의 시대를 보내는 선구자였다.

"그런데 보라스하고 계약 안 한다면서 내일 만나기로 한 건 뭐냐?"

거절하려면 끝까지 거절해야지, 왜 협상의 여지를 남겨 뒀느냐.

한현덕 감독의 질문에 담긴 뜻을 읽은 상진은 그냥 웃었다.

"끈질긴 사람은 혼내 줘야죠."

        *   *   *

스캇 보라스는 그 이름답게 화려한 호텔 레스토랑을 섭외해서 상진을 초대했다.

안으로 들어가던 상진은 호오 하고 짧게 감탄을 터뜨렸다.

자신도 여기저기 고급 식당은 자주 다녔지만, 국내에서도 한 손에 꼽힐 만한 호텔 레스토랑은 처음이었다.

"이렇게 좋은 자리에 초대해 주서서 감사합니다, 미스터 보라스."

"세 분 모두 환영합니다. 옆에 앉으시죠."

통역을 위한 구단 직원과 어젯밤 급하게 인천으로 올라온 박종현 단장과 함께였다.

주위를 둘러보는 상진을 보며 보라스는 부드럽게 미소 지었다.

"이렇게 고급스러운 곳은 처음이군요."

"혹시 미국에 오셨던 적은 없습니까?"

"고등학교 때 이후로는 없습니다. 그때도 국제 대회에 참가하러 간 거라, 관광을 즐기거나 하지는 않았습니다."

어렸을 때부터 야구만 하고 지냈다.

관광이라고 해 봤자 국제 대회가 끝난 다음에 나이아가라 폭포를 구경하러 간 정도뿐.

숙소 밖으로 나간 경우는 별로 없었다.

그리고 프로가 되어도 캠프는 주로 일본으로 갔었다.

개인적으로 미국에 갈 일도 없었다.

"그거 아쉬운 일이군요. 뉴욕의 맨해튼만 와도 대한민국의 서울보다 훨씬 번화한 광경을 보실 수 있을 겁니다. 아, 오늘은 먼저 식사부터 하시죠. 마음껏 드셔도 좋습니다."

그 말에 상진의 입꼬리가 살짝 올라갔다.

보라스는 예의상 한 말이겠지만, 상진이 바라고 바라던 말이었다.

"마음껏 말입니까?"

"예. 원하시는 대로 추가 주문을 하셔도 상관없습니다."

"그러면 우선 주문부터 하도록 하죠."

순식간에 코스 요리를 포함해서 엄청난 양의 스테이크가 옆에 쌓이기 시작했다.

그래도 보라스는 딱히 놀랍다는 표정을 짓지 않았다.

이 정도의 먹성은 메이저에서 뛰는 프로 선수라면 누구나 갖고 있는 수준이었다.

그들보다 조금 더 많은 양을 먹고 있긴 했지만, 아무렴 어떨까.

계약을 맺는 게 오늘의 목적이다.

그걸 위해서는 어느 정도의 음식값은 상관없었다.

"그러면 일 이야기를 해 볼까요? 괜찮으시죠?"

"괜찮습니다."

보라스는 상진의 옆에 앉아 있는 종현을 바라봤다.

상진에게 짓던 미소는 온데간데없이 사라지고 날카롭고 차가운 얼굴이었다.

"박종현 단장님이라고 하셨죠? 옆에서 듣는 건 괜찮습니다만, 이건 이상진 선수와 저, 스캇 보라스 사이의 에이전트 계약 이야기입니다. 섣부른 간섭은 자제해 주십시오."

박종현 단장의 얼굴 근육이 불쾌함에 꿈틀거렸다.

자신 역시 구단의 관계자였고, 이상진이 해외 진출을 하려면 구단의 협조도 필요했다.

하지만 스캇 보라스는 그런데 신경 쓰지 않는다는 듯 안하

무인으로 나왔다.

'계산된 행동일까? 아니면 순수하게 둘만 이야기하고 싶다는 걸까.'

박종현 단장은 전자 쪽이라고 생각하며 살짝 긴장했다.

혹시라도 이상진이 스캇 보라스와 에이전트 계약을 맺는다면, 충청 호크스의 입장은 상당히 난처해진다.

구단에서는 이미 FA 계약 당시에 맺은 1+1년의 옵션을 발동할 계획이었다.

올해는 5위권이 아슬아슬하긴해도 내년에는 FA를 영입하고 시즌 초부터 선수단을 제대로 다듬어 우승권을 노려 볼 생각이었다.

'조금 더 빨리 이상진과 교감했어야 했는데.'

만약 스캇 보라스가 한국 언론에 이상진의 메이저리그 진출을 이야기한다면?

한국 언론은 호크스가 대승적인 차원에서 이상진을 보내야 한다고 이야기할 것이다.

그렇게 되면 호크스의 내년 시즌 계획은 시작해 보기도 전에 어그러진다.

"단장님, 그냥 저에게 맡겨 주세요."

"상진아?"

"저도 나름의 생각이 있고 계획이 있어요. 그러니 저한테 맡기고 오늘은 가만히 계셔 주실 수 있나요?"

잠시 고민하던 박종현은 고개를 끄덕였다.

어차피 에이전트 계약을 할 때 구단 관계자가 할 수 있는 일은 없다.

이런 자리에 끼어 무슨 이야기가 오가는지 들을 수 있다는 것부터가 다행이었다.

물론 상진의 생각은 조금 달랐다.

먹는 데 방해만 되지 않는다면 얼마든지 괜찮았다.

그리고 보라스의 제안을 무조건 거절할 생각은 아니었다.

스캇 보라스가 자신의 철학을 접고 조건에 맞는 에이전트가 되어준다면 얼마든지 받아들일 생각이었다.

"좋습니다. 저는 그냥 듣고만 있도록 하죠."

박종현 단장이 한발 물러나겠다고 선언하자 보라스는 씩 웃고는 상진에게로 시선을 옮겼다.

그리고 이후부터는 철저하게 박종현을 무시하고 이야기를 했다.

"숱한 야구 선수들이 모두 메이저리그에서 뛰고자 하는 이유는 뭐라고 생각하십니까?"

"부, 명예, 그리고 자신이 최고의 위치에 올라갔단 사실을 증명하기 위해서겠죠."

"정확합니다. 하지만 대부분의 선수들은 메이저리거가 됐다는 것만으로 만족하고 말죠."

상진도 그 말에는 동의했다.

수많은 선수는 메이저리그를 밟아 봤다는 것만으로 만족하는 경향이 있다.

최고의 무대에 올라섰다는 것에 만족하지 않고 다른 천재들과 경쟁하는 선수는 그렇게 많지 않다.

"미스터 리, 당신은 메이저리그에서도 단연코 빛나는 별이 될 수 있습니다."

"당연한 말씀을 특별하다는 듯하시니 조금 곤란하군요."

순간 보라스의 얼굴이 다시 한번 굳었다.

허세? 아니면 진심?

하지만 스테이크를 잘라 연신 입 안에 넣는 상진의 모습에서 별다른 표정을 읽어 낼 수는 없었다.

마치 자신이 메이저리그에서 통할 실력을 갖추었다고 여기는 듯했다.

"그렇다면 당신이 원하는 건 다른 겁니까?"

"아마도요."

"어제 간단하게 이야기했을 때, 미스터 리는 금전적인 걸 원하지 않는다고 했습니다. 그렇다면 원하는 건 명예입니까?"

고개를 끄덕이는 상진을 보며 보라스는 쓴웃음을 지었다.

'난감하군. 이런 상대는 오랜만인데.'

과거 자신의 고객들 중에도 이런 사람이 있었다.

돈은 먹고살 만큼만 있으면 된다.

자신은 최고의 선수가 되어 메이저리그 최정상에 군림하는 것이 목표다.

이렇게 외치던 선수는 명예와 영광을 추구함으로서 명예의 전당 입성도 노리고 있다.

'하지만 그도 막대한 부를 눈앞에 두고 거절하지 못했지.'

선수에게 투자하는 돈은 곧 그 선수의 가치를 뜻한다.

자신은 시간을 들여 그를 설득했고, 자신의 말을 수긍했다.

그리고 거액의 계약을 체결하며 자신과 함께 만족했다.

그렇다면 이 동양의 선수는 과연 어떨까.

"보라스 씨, 저를 말로 설득하는 것보다 저를 설득할 수 있는 당신의 모습을 보여 주셨으면 하는데요."

"미스터 리, 선수에게 들어가는 비용은 말 그대로 그 선수의 가치입니다. 그리고 선수는 가치로 명예를 증명합니다. 즉 명예로운 선수일수록 돈이 많이 들어가죠. 이걸 잘 아시리라 생각합니다. 혹시 메이저리그의 구단들이 선수를 어떻게 쓰는지 아십니까?"

아무것도 모르는 애송이를 교육시키고 자신의 고객으로 삼는다.

보라스는 이것을 위해 천천히 이야기를 시작했다.

아주 처음부터.

자신과 이상진 사이에 존재하는 아주 작은 틈부터 서서히 교정시켜 간다.

"글쎄요?"

"그들은 비싼 선수부터 씁니다. 비싸지 않은 선수들보다 기대를 가지고 있기에 비싼 돈을 들여서 선수를 사들이는 거죠."

메이저리그에서 뛰길 원한다면 그들의 생리를 이해시켜 줘야 한다.

보라스는 보편적인 이야기를 하나둘씩 꺼내며 설득을 시작했다.

많은 돈을 받는 것이 곧 메이저리그에서의 출전 보장과 연결된다고 말했다.

교묘하게 진실과 약간의 거짓을 섞어 나가는 화법.

이것이 보라스의 무기였다.

"그래서 돈으로 제 가치를 인정받자는 이야기입니까?"

보라스는 씩 미소 지었다.

이상진의 나이프와 포크가 쉬지 않고 움직이는 걸 보며 보라스도 쉬지 않고 입을 놀렸다.

"많은 돈을 받으면 구단들 입장에서도 어쩔 수 없이 이상진 선수를 쓸 수밖에 없습니다."

그는 이상진이라면 유형진 이상의 금액을 받을 수 있다고 생각했다.

구단과의 계약도 1+1년밖에 되지 않는다.

"메이저리그에서 선수의 가치는 오로지 돈입니다. 명예나 영광은 부수적으로 따라오는 거죠."

1년이 끝나고 가든, 아니면 2년을 채우고 가든 훨씬 좋은 활약이 가능하다.

상황에 따라서는 언론 플레이를 통해 올해가 끝나거든 바로 진출시킬 수도 있었다.

포스팅을 거치지 않고 FA 자격으로 진출하는 만큼 연봉을 훨씬 더 많이 받아 낼 수 있다.

실력은 확실하며 압도적이다.

과거의 경력에 문제가 있지만, 부상 이전의 데이터도 이미 입수해 놓았다.

'과거의 데이터와 부상 이후의 데이터, 그리고 현재의 데이터. 이 모든 것들을 조합하고, 내가 직접 나선다면 적어도 3천만 불 이상은 받아 낼 수 있다.'

스캇 보라스도 한국에 괜히 온 게 아니었다.

그는 철저하게 데이터를 수집하고 그걸 바탕으로 움직인다.

지금까지 모인 이상진의 데이터는 조금 양념을 친다면 유형진 이상의 계약을 체결할 수 있었다.

"이상진 선수 입장에서는 메이저리그가 너무 높고 빛나서 그 정도 연봉에 만족하시는 듯합니다."

메이저리그의 연봉은 아무리 적어도 웬만한 사람들은 군침을 흘릴 연봉이다.

게다가 메이저리그에 등록이 됨과 동시에 연간 3만 달러라는 고액을 수령하는 연금 수령자가 된다.

"예전에 미스터 리와 함께 호크스에서 뛰었던 미스터 류를 비롯해 프린스 필더, 맥스 슈어저, 아드리안 벨트레와 같은 선수들도 저의 고객입니다. 그들은 모두 대형 계약을 통해 자신의 가치를 인정받았죠. 보시겠습니까?"

보라스는 자신이 여태껏 상대했던 고객들의 결과를 보여 줬다.

물론 라파엘 소리아노나 트래비스 리, 맷 화이트와 같이 실패한 예시는 전혀 없었다.

자신에게 유리한 조건을 보여 주고 불리한 조건은 숨긴다.

구단만이 아니라 자신의 고객이 될 선수를 상대할 때도 그의 협상력은 여전했다.

"저에게 에이전트 계약을 맡겨 주신다면 미스터 리의 기대에 한 치의 어긋남 없이 부응할 자신이 있습니다. 어떻습니까?"

보통 선수라면 넘어올 이야기였다.

하지만 이야기를 듣는 이상진은 간간이 반응을 비출 뿐, 크게 달라진 모습을 보여 주지 않았다.

벌써 몇 그릇째인지 모를 그릇을 옆으로 치우며 상진은 작게 한숨을 내쉬었다.

"보라스 씨."

"말씀하시지요, 미스터 리."

두어 시간 동안 설득에 설득을 거듭하느라 지친 보라스는 물을 마시며 목을 축였다.

상진은 추가 주문을 하려다가 나이프를 내려놓더니 보라스를 똑바로 바라봤다.

"저는 당신과 협상을 하러 왔지, 설득 당하러 온 게 아닙니다. 그리고 어린애 취급을 당하려는 것도 아닙니다."

자신의 본심을 그대로 읽어 내는 말.

통역을 통해 그 말을 전해 들은 보라스는 쓴웃음을 지었다.

이 사람은 아무리 많은 돈이 있더라도 뒤흔들 수 없다는 것을 깨달았다.

"저와 조율을 하는 게 아니라 자신의 가치관에 편입되도록 설득하는 사람과 더 이야기할 수는 없을 듯싶습니다."

"하지만 제 의견을 미스터 리에게 맞추는 것과 마찬가지로, 미스터 리의 의견을 저에게 맞출 수도 있겠죠."

"그럼 결렬이군요. 이야기는 여기에서 마치겠습니다."

상진은 자리에서 일어났다.

통역과 박종현 단장 역시 허겁지겁 마시던 커피를 내려놓으며 나갈 채비를 했다.

하지만 보라스는 여전히 여유 있는 얼굴이었다.

잠깐 손짓을 하며 상진을 멈춰 세운 그는 부드럽게 웃으며 말했다.

"아직 시간은 남아 있습니다, 미스터 리. 그때까지 종종 이야기할 수 있겠습니까?"

"내키면 언제든지 가능합니다."

"좋습니다. 그때도 함께 식사를 하며 유익한 시간을 보내도록 하죠."

"그럼 저는 이만 회복 훈련을 위해서 가 봐야겠군요."

"나중에 또 뵙길 빌겠습니다."

상진이 먼저 자리에서 일어나 레스토랑에서 나가자 보라스는 지친다는 얼굴로 고개를 가로저었다.

일본과 한국의 프로 선수들을 숱하게 만나 보고 살펴봤지만 저렇게 까탈스러운 선수는 처음이었다.

"후우, 이제 갈까?"

이야기도 끝났고 점심 식사도 했으니 한국과 일본에 있는 자신의 고객들을 살펴봐야 했다.

오늘 스케줄은 전부 빼놓긴 했어도 자신은 데이터 수집과 정리, 그리고 구단을 상대하느라 한시라도 쉴 수 없는 사람이었다.

"그런데 보스, 좀 큰일이 있습니다."

"큰일? 뭔데 그러나?"

보라스는 옆에 있던 비서가 내미는 영수증을 받아 들며 심드렁히 대꾸했다.

하지만 영수증의 금액을 확인한 순간, 그의 얼굴 근육이 미묘하게 뒤틀렸다.

여태껏 몇몇 야구 선수들과 함께 이곳에 왔지만 결코 이만한 금액이 나온 적은 없었다.

"이게 계산이 맞는 건가?"

"맞다고 합니다."

"아무리 고급 음식이라고 해도 너무한데."

보라스는 믿을 수 없다는 듯 영수증을 들여다보고 또 들여다봤다.

하지만 이미 적혀 있는 숫자가 바뀔 리는 없었다.

"이게 사람인가, 아니면 코끼리인가, 의심스러울 정도군."

6,827,000.

오늘 보라스와 통역, 박종현 단장.

그리고 이상진이 먹은 음식의 가격이었다.

에 없다.

그리고 하위 타선의 선수들은 40포인트, 혹은 그 이하가 상당히 많았다.

한 경기를 뛰어 27개의 아웃카운트를 잡으면 얻는 평균 포인트는 1,200 정도.

900이 넘는 포인트를 벌어들였다는 건 방금 전에 한 말대로 경기를 하나쯤 더 뛴 정도의 성과였다.

"아주 국제적으로 사기를 치고 다녀라."

"왜 사기예요?"

"너, 처음부터 계약할 마음이 없었잖아."

계약할 마음이 없긴 않았다.

다만 마음에 들지 않았을 뿐.

"없긴요. 마음이야 있었죠. 하지만 그 사람은 저하고 안 맞아요."

"그놈의 명예? 명성?"

"이봐요, 저승사자님. 이야기 하나 할까요? 그 사람은 자신이 많은 돈을 받게 해 줄 테니 자신과 에이전트 계약을 해서 메이저리그로 가자고 했죠?"

상진은 오히려 다른 생각을 하고 있었다.

"처음부터 많은 돈을 받는다면 분명 많이 기용하고 그 돈을 뽑아먹으려고 하겠죠. 그러면 역으로 생각해 보죠. 돈을 많이 받고 자신의 가치를 인정받을 수도 있겠지만, 반대로 자신의 가치를 먼저 인정받고서도 돈을 많이 받을 수 있겠죠?"

역으로 생각한다.

많은 돈을 받고 이적한다면 그만한 가치를 처음부터 인정받고 시작하는 셈이다.

그렇다면 사람들은 상진이 활약을 보인다고 해도 돈값을 한다고 생각할 뿐.

돈에 선수 자신의 가치가 파묻히는 셈이 된다.

"저는 분명 제 가치를 알아줄 구단을 찾는다고 했어요. 하지만 그건 저의 가치를 돈으로 판단하는 구단이 아니에요."

"그러니까 네 말은 돈으로 네 가치를 알아주는 구단이 아니라 네 가치와 비전에 맞는 구단이 돈으로 대접해 주길 원한다는 거냐?"

어떻게 보면 닭이 먼저냐, 달걀이 먼저냐는 논란처럼 보이는 말이었다.

물론 상진이 원하는 것은 확실했다.

자신에게 많은 돈을 얹어 주는 것보다 자신을 확실하게 선발로 기용해 줄 것.

그리고 마이너리그 거부권을 행사하고 싶었다.

"딱히 돈으로 대접해 주지 않아도 돼요. 제가 원하는 건 단하나예요. 능력을 증명하는 것."

메이저리그에 가는 선수들이 주로 하는 이야기이기도 했다.

하지만 상진은 그것보다 더 큰 것을 꿈꾸고 있었다.

"그곳은 꿈의 무대라고 불리는 곳이에요. 전 세계의 별들이 모이는 리그."

결승전을 월드 시리즈라고 부를 정도로 오만하면서도, 그 오만함이 비난받지 않는 무대.

"저는 그 밤하늘의 별들 사이에서 가장 빛나는 태양이 되고 싶어요."

*   *   *

인재는 훈련장에 나온 상진을 보자마자 씩 웃으면서 넌지시 던졌다.

"어이, 국제적인 먹튀가 됐다면서?"

음식값이 얼마나 나왔는지 보지 않고 나왔다.

그래서 국제적인 먹튀라는 말에 상진은 인상을 구겼다.

"누가 먹튀예요. 뭘 얼마나 먹었다고."

"이미 소문 날대로 다 났던데? 그 유명한 스캇 보라스를 홀라당 벗겨 먹고 나왔다고."

"누가 그래요?"

"단장님."

한 끼 음식값으로 600만 원이 넘게 나왔다는 소식의 진원지는 박종현 단장이었다.

호텔 레스토랑에서 나오면서 음식값을 흘끗 본 그는 구단에 와서 가슴을 쓸어내렸다.

3월 말부터 지금까지 상진에게 들어간 식비가 아직 억대에 머무르는 데 감사할 따름이었다.

"그러고 보니 얼마 나왔는지 확인도 안 해 봤네요."

"단장님도 식겁하시던데? 네 식비가 한 달에 3천만 원 나왔을 때는 거품 물고 쓰러지시던 분이셨거든."

"그렇게 나왔던가요?"

오죽하면 한 달 한도를 3천만 원으로 정해 뒀던 법인 카드마저 정지 먹을 정도로 먹어 댔던가.

하지만 생각해 보면 그건 약과였다.

박종현 단장은 오늘 점심에 상진이 먹은 음식 가격을 보고 확신했다.

하루에 100만 원 안팎으로 먹어 댔던 상진이 오히려 구단 사정을 봐주고 있던 거라고.

"뭐, 네 활약에 투자하는 가격치고는 싼 가격이니까."

"시즌 중에 2점이나 내줬는걸요."

"진짜 패주고 싶을 정도로 얄미운 놈이다. 2점은 내가 한 경기에 평균적으로 내주는 자책점보다 적거든?"

평균 자책점 3점대 후반을 마크하고 있는 장인재로서는 후배의 농담 한마디가 얄미웠다.

그러면서도 역대급 활약을 벌이는 후배와 이렇게 소탈한 대화를 나누고 있단 사실이 재미있기도 했다.

"그런데 메이저리그에 갈 생각이냐?"

"네. 가야죠."

"참 간단하게도 말한다. 하기야 유형진 선배도 잘하고 있으니 너도 가면 잘하겠지."

어떻게 보면 한 살 차이 나는 상진과 인재는 이 팀에서 가장 오래 붙어 있는 사이였다.

같이 투수였고, 처음에는 선발로 기대를 받았으며, 불펜으로 전환해서 뛰다가, 올해는 둘 다 선발로 다시 바뀌었다.

마치 같은 운명을 걷는 사람들처럼.

하지만 하나는 메이저리그급의 실력을 갖췄고 하나는 국내 선수들 중에서도 간신히 중간 정도에 불과하다.

"너도 참 질투 나는 놈이다. 네가 성적 내는 걸 바로 곁에서 질투하다가 배 아파 죽을 거 같다."

"질투 나면 실력을 키우세요."

"게다가 얄밉기까지 하고. 정말 꼴 보기 싫은 놈이 되어 버렸어."

서로 마음에도 없는 소리를 주고받으면서 인재는 허탈한 미소를 지었다.

"우승하고 갈 거지?"

"적어도 형하고 같이 우승주는 마셔야죠."

마치 어미 새의 보살핌에서 올바르게 성장하고 둥지를 떠날 채비를 하는 아기 새를 보는 기분이다.

다만 그 새가 충청 호크스라는 둥지에서 감당하지 못할 정도로 커버린 게 문제라면 문제였다.

그래서 마음과 다르게 인재의 마지막 말은 곱지 않았다.

"얼른 우승하고 미국으로 꺼져."

뜻밖의 조력

노히트노런 이후로 상진의 주위는 급격히 변하기 시작했다.

인천 드래곤즈와의 경기에서 김강현과 박빙의 승부를 벌인 이후, 메이저리그의 스카우터들이 그를 관찰했다.

그런데 스캇 보라스가 오더니, 이번에는 메이저리그의 남은 구단들이 스카우터들을 총출동시켰다.

그래서 충청 호크스의 홈경기가 벌어지는 대전 호크스 파크에 수많은 외국인들이 오갔다.

「메이저리그의 스카우터 총출동, 이상진을 보러 온 것인가」

「스캇 보라스, 이상진에게 거절당하다. 이유는 대체 무엇?」

「이상진은 메이저리그로 갈 생각이 없다」

「이상진은 과연 메이저리그에 갈 수 있는 실력을 갖췄을까?」

온갖 뉴스들이 쏟아져 나오는 가운데 선수들은 그라운드에
서 훈련을 하고 있었다.

그리고 코칭스태프는 그들을 향해 지적을 해 주고 자세를
교정해 주면서도 연신 관중석 일부를 훔쳐봤다.

"무슨 미국인 줄 알겠네."

"한 스무 명은 될까요?"

"그것보다 더 되는 거 같은데?"

한현덕 감독도 오랜만에 보는 광경에 흐뭇한 미소를 지었
다.

유형진이 메이저리그에 진출할 때도 이런 광경이 펼쳐졌었
다.

십수 명의 스카우터들이 좋은 자리를 배정받아 특정 선수를
관찰하고 해부하는 모습.

그것이 자신의 팀에 속한 선수라면 기분은 더욱 좋은 법이
다.

"그래도 쓸쓸하군."

"그러게 말입니다."

"설마하니 스캇 보라스가 냄새를 맡을 줄은 몰랐어."

"형진이 때도 그랬잖습니까. 그때는 이번처럼 행적이 드러나
게 움직이지 않고 찾아왔죠. 사실을 알고 나니 이미 한국에
와서 계약을 체결하고 미국으로 나른 후였으니까요."

송신우 코치도 복잡 미묘한 표정을 지으면서 그라운드를 둘러봤다.

그곳에는 경기 시작 전에 가볍게 캐치볼을 하며 어깨를 풀고 있는 이상진이 있었다.

한국만이 아니라 전 세계적인 관심을 받기 시작했어도 태도에는 변화가 없었다.

그저 꾸준히 연습을 하고 또 휴식을 하며 먹고 또 먹을 뿐.

"보라스하고 만났을 때 엄청나게 먹었다더만."

"점심 식대가 600만 원이 넘게 나왔다죠?"

점심값 이야기를 들었을 때는 도무지 믿을 수가 없었다.

저놈의 먹성은 언제나 인정하지만 설마하니 한 끼에 600만 원 이상을 먹을 줄은 상상도 못했다.

오죽하면 팀 내에서 선수들이 부르는 별명이 단숨에 '국제적 먹튀'로 바뀌었겠는가.

"보라스 정도의 재력이 있으면 그 정도는 아무것도 아니겠지."

"그래도 우리 구단의 고충은 좀 이해해 주겠죠?"

현덕은 한숨을 푹 내쉬고는 허탈한 미소를 지었다.

그래도 다행인 건 이상진이라는 놈이 양심은 있다는 점이었다.

원정 숙소의 뷔페를 가면 다른 선수들보다 가장 나중에 나와서 먹는다.

그때 남은 음식은 전부 이상진의 독차지.

그래서 붙은 별명 중 하나가 잔반처리반이었다.

"그래도 원정 숙소에서 음식을 준비하는 직원들이 음식물 쓰레기는 나오지 않아서 편하다는 이야기를 할 정도잖아."

"그렇긴 하죠. 그리고 저놈도 참 대단한 놈이네요."

"변함없는 모습이 참 믿음직스럽지."

오늘 선발 등판을 준비하는 모습은 너무 믿음직스러웠다.

그라운드에서 후배 투수인 박상일과 캐치볼을 하던 상진은 저 멀리에서 자신을 관찰하는 시선에 피식피식 웃었다.

"선배님은 좋으시겠어요. 관심 받으시잖아요."

"남자 놈들 관심 받아서 뭐 하게? 미국에 데리고 가 준다면 야 백번 환영이지만."

후배들은 연신 부러움의 시선을 그에게 보내고 있었다.

메이저리그에서 관심을 보이는 것과 실제로 에이전트 계약까지 이야기가 됐다는 것.

마치 꿈에서나 상상해 볼 만한 것들이 상진에게는 현실로 다가와 있었다.

"만약에 올해 우승하면 선배님은 메이저리그로 가시는 거겠죠?"

"아마도 그렇지 않을까?"

"구단에서 1+1 옵션을 발동할 거 같지 않나요?"

상진은 그저 씩 웃을 뿐이었다.

안 그래도 그것 때문에 이야기가 있었다.

어제 스캇 보라스와 만나고 경기가 시작될 무렵, 상진은 박종현 단장과 면담을 가졌다.

"발동해도 좋고. 발동하지 않아도 좋지."

"예?"

"그런 게 있어. 너도 나중에 관심 좀 받기 시작하면 알 거다."

상진은 씩 웃으면서 공을 뿌렸다.

두 손가락으로 실밥을 강렬하게 긁으며 공을 잡아챘다.

투심의 궤적으로 살짝 휘어지며 상일의 글러브 안으로 들어갔다.

"그러면 기회 좀 주세요. 요새 선배님은 9회까지 혼자서 다 드시잖아요."

"인마, 나도 먹고는 살아야지."

"그래서 올해는 정말 20승 찍으실 거예요?"

"찍을 수 있다면 당연히 찍어야겠지."

"분명히 찍으실 수 있을 거예요."

상진은 팀 동료들의 절대적인 신뢰를 얻고 있었다.

그리고 그가 오늘 승리를 거둘 것을 어느 누구도 의심하지 않았다.

$$* \qquad * \qquad *$$

상진의 준비는 언제나 완벽했다.

상대 팀을 분석하고 같은 팀원들의 준비를 도우며 동시에 자신의 구종을 갈고 닦는 일까지 모두 끝마쳤다.

오늘 맞붙는 대구 스타즈의 선수들은 상진의 공이 날아오면 연신 범타로 처리되며 분을 삼켜야 했다.

문제는 다른 곳에 있었다.

ㅡ실책이 나옵니다! 충청 호크스! 오늘 3번째 실책!

ㅡ안타가 되어서는 안 되는 공이 안타가 됐습니다.

ㅡ이상진 선수가 나와서 긴장이 풀어졌나요? 수비 집중력이 떨어지는 모습입니다.

ㅡ5회까지 무득점인 상황에서 이 실점은 치명적입니다.

유격수를 보고 있던 오선준이 미안하다는 표시를 해 왔다.

하지만 상진은 시큰둥한 얼굴로 마운드 위의 흙은 툭툭 걸어찼다.

실책이 나오리라는 건 얼마든지 예상할 수 있었다.

그래도 자신이 등판한 날에 이렇게 맥없는 경기를 하는 동료에게 실망감을 감출 수 없었다.

"스트라이크!"

평소보다 힘을 더 주어서 던져도 분이 쉽게 풀리진 않았다.

패스트볼의 구속은 이미 최고 구속을 기록했고, 다음에 이어진 낙차 큰 커브는 타자의 헛스윙을 자연스럽게 유도해 냈다.

"스트라이크!"

그래도 이미 실점을 해 버려 기분이 상한 건 어떻게 되돌릴 수 없었다.

"스트라이크! 아웃!"

[타자를 포식했습니다.]

[43 포인트를 획득했습니다.]

삼진으로 아웃 카운트를 잡아냈다.

손으로 로진백을 만지며 송진 가루를 묻혀 다음 투구를 준비했다.

타자를 맞춰 잡는 건 투구 수를 줄이며, 동시에 상진 자신의 체력을 절약하는 데 큰 기여를 한다.

하지만 그게 여의치 않다면 삼진을 잡아야 하는데, 그럴 경우 무조건 스트라이크존 안으로 던져야 한다.

그것은 곧 안타를 맞을 확률이 올라간다는 뜻이었다.

따악!

공이 높게 치솟자마자 상진은 우익수로 뛰고 있는 윌리엄 쪽을 바라봤다.

정확하게 그의 글러브 안으로 공이 들어가는 걸 보고 안도의 한숨을 내쉰 상진은 더그아웃을 향해 발걸음을 옮겼다.

"상⋯⋯!"

말을 걸려던 재환은 순간 그 자리에 얼어붙었다.

상진의 얼굴은 여태까지 단 한 번도 본 적이 없는 표정을 하고 있었다.

손을 대면 얼어붙을 것만 같았다.

멘탈이 무너진 게 아니다.

그렇다고 흥분하거나 화가 난 것도 아니다.

말 그대로 감정이 사라진 듯한 얼굴이었다.

재환은 오늘만큼 상진의 얼굴이 무섭다고 생각된 적이 없었다.

"상진아, 괜찮냐?"

"괜찮아요."

평소에도 실책 때문에 실점, 혹은 진루를 허락하는 일은 종종 있었다.

팀의 전력이 부족한 것도 알고 있었다.

그래서 이런 경우가 생기리란 것도 알고 있었다.

하지만 오늘처럼 실망감이 드러난 경우는 처음이었다.

"이거 참 미치겠군."

상진은 혼잣말로 중얼거렸다.

그리고 겨울을 연상케 하는 낮은 목소리에 더그아웃의 팀원들은 전부 얼어붙었다.

그동안 실책이 있거나 실점이 있어도 실실 웃으며 오히려 팀원을 독려하던 상진이었다.

하지만 지금은 전혀 달랐다.

"애들아, 지금 뭐 하는 거냐?"

이때 나선 게 팀의 최고참인 대균이었다.

그가 직접 나서는 일은 매우 드물었다.

상진 이상으로 후배들에게는 부드러우면서 코칭스태프에게

직접 총대를 메기도 하는 최선참일수록 무거운 책임을 짊어지고 있다.

그런 그가 나서자 그 무게감은 어마어마했다.

"지금 우리가 놀러 온 거냐?"

"아닙니다!"

분위기가 차갑게 식어 버린 더그아웃에 그는 다시 찬물을 끼얹었다.

"지금 우리 팀은 5위 싸움을 하고 있다. 그런데 지금 뭐 하는 거지? 이렇게 집중력이 흐트러져서 가을 야구를 할 수 있겠어?"

5위가 아슬아슬한 상황에서 팀 분위기가 흐트러질 수는 없다.

그리고 에이스인 상진이 등판한 경기에서 1패를 한다면?

그 1패는 다른 1패와 전혀 다르게 받아들여질 수밖에 없다.

단숨에 추락하지 않기 위해서라도 지금은 분위기를 다잡아야 했다.

"집중해. 오늘 이기면 5할 승률이다."

"알겠습니다!"

이런 분위기에서 상진은 조용히 숨을 들이마시며 마음을 가라앉혔다.

어딘가 모르게 맥이 빠지기도 했지만, 긴장의 끈만은 놓지 않았다.

"감사합니다, 대균이 형."

"뭘 이런 것 가지고 그러냐. 애초부터 이놈들 정신 상태가 너무 빠졌어. 나 때는 선배님들이 확 잡아 주셨으니 이제는 내가 할 차례 아니냐."

20대 초중반의 선수들은 멘탈이 쉽게 흔들린다.

하루하루 경기에 출전하는 것만으로 즐거워하기도 하고, 성적에 목을 매고 불안해하기도 한다.

그리고 오늘은 상진이 등판하는 날이다.

너무 든든한 나머지 집중력을 잃기 쉬운 하루.

그걸 휘어잡아 줄 선배 선수가 필요했다.

"뒤는 내가 받쳐 주마. 그러니 너는 네가 던지고 싶은 대로 던져."

"언제나 형에게는 도움만 받는군요."

"아니, 오히려 도움은 내가 받고 있지."

대균은 희미한 미소를 지으며 자신의 장비를 챙겼다.

오늘은 6번에 배치된 그가 대기 타석에 나갈 차례가 됐다.

"네 덕분에 오랫동안 잊고 있던 꿈을 떠올릴 수 있었거든."

오늘따라 이렇게 배트의 감촉이 부드럽고 따뜻하게 느껴진 적은 없었다.

대균은 나무결을 따라 배트를 쓰다듬고는 씩 웃었다.

"기량은 점점 떨어지고 팀의 역량은 부족하고. 그래서 일본에서 돌아왔을 때부터 잊고 살았어. 이것은 운명이다. 어쩔 수 없는 운명이라고 받아들이고 그냥 체념했었지."

하지만 올해 불사조처럼 기량을 되찾고 전성기를 구가하는 상진이 나타났다.

10여 년 만에 처음으로 가을 야구를 할 수 있는 절호의 시기가 찾아왔다.

5할 승률을 유지하며 아슬아슬하게 5위에 턱걸이하고 있는 지금, 대균은 누구보다도 즐거운 야구를 하고 있었다.

"꿈을 다시 꿀 수 있는 기회를 얻었단 사실이 얼마나 행복한지 모르겠다."

"그렇게 행복하면 안타나 하나 쳐 주십쇼. 이놈의 자슥들은 제가 등판하면 도통 안타를 칠 줄 모르니까요."

"다 늙은 사람한테 너무 큰 기대를 거는 거 아니냐?"

배트를 짊어진 대균은 씩 웃었다.

작년에 비해 300그램이나 줄어든 무게의 배트를 사용하긴 했어도, 언제나 타석에 서는 이 시간이 기대됐다.

올해만큼은 꼭.

그리고 상진의 기대에 보답했다.

—넘어간다! 넘어간다! 우중간 펜스를 넘어가는 홈런! 김대균 선수가 27경기만에 홈런을 터뜨립니다!

—실책으로 인해 실점을 하며 넘어갔던 분위기가 다시 충청 호크스에게로 넘어옵니다!

—3 대 1로 앞서가는 충청 호크스! 6회가 되어서야 이상진 선수에게 득점을 지원해 줍니다!

더그아웃의 펜스에 기대서 육포를 뜯고 있던 상진은 피식 웃었다.

"안타를 쳐 달랬다고 홈런을 쳐 버리는 건 뭡니까."

올해 10개도 치지 못한 홈런을 쳐 내며 그라운드를 도는 대균은 주먹을 불끈 쥐고 머리 위로 들어 보였다.

꼭 필요할 때 단숨에 분위기를 바꿔 준 대균에게 마음속으로 감사를 표하며 상진은 자신의 글러브를 다시 손에 쥐었다.

충청 호크스의 공격이 끝나고 다시 마운드에 선 상진은 열광하는 홈 관중들에게 손을 들어 화답해 주었다.

하지만 다음 순간 얼굴이 확 굳었다.

'여기엔 왜 또?'

아까까진 전혀 보이지 않았다.

하지만 포수 바로 뒤에 있는 관중석에 있는 사람들은 분명 저승사자들이었다.

대체 왜 온 건지 싶었지만, 지금 상진에게 중요한 건 경기를 끝내는 일이었다.

"스트라이크!"

고참 선수들이 나서서 분위기를 다잡은 덕분에 선수들의 집중력은 한없이 올라가 있었다.

아까까지 대충하던 느낌은 온데간데없이 사라졌고, 다들 눈을 부릅뜨며 언제 어떻게 올지 모르는 타구에 집중하고 있었다.

그리고 상진은 그것에 맞춰서 그립을 쥐고 던졌다.

ㅡ쳤습니다! 2루수 정은일 선수의 정면으로 가는 김찬곤 선수
의 타구!
ㅡ2루서 정은일 선수가 가볍게 잡아서 1루로 송구합니다!

"아웃!"
약간 긴장해서 그런지 동작이 경직되어 있기는 했다.
하지만 약간의 긴장감은 경기에 적절한 집중을 하게 도와준
다.
아까처럼 아예 풀어져 있던 것보다는 훨씬 나았다.
경기가 계속 진행되면서 내야수, 외야수 가릴 것 없이 공이
날아갔다.
그리고 더그아웃에서 지켜보고 있던 한현덕 감독은 상진의
의도를 알아채고는 피식 웃었다.
장정훈 수석코치 역시 그 의도가 무엇인지 알고는 너털웃음
을 터뜨렸다.
"재미있는 짓을 하는군요."
"역시 그렇게 봤어?"
"예. 아무래도 삼진 쇼만 하면 수비수들의 집중력이 풀어지
기 쉬우니까요."
야수들의 집중력이 풀어지기 쉬운 건 두 가지 경우가 있다.
투수가 전부 해먹어서 야수들이 할 일이 없거나, 혹은 투수

가 너무 얻어맞아서 수비 시간이 길어지는 바람에 집중력이 저하되든가.

상진은 이 중간의 상황에서 야수들에게 수비 연습까지 겸하고 있었다.

"가끔 애들한테 조언을 해 준다는 건 알고 있었는데, 저런 재능까지 있을 줄은 몰랐어."

한현덕 감독이 주목하는 건 바로 원하는 곳에 공을 유도하는 일이었다.

100퍼센트 자신이 유도한 곳으로 타구가 가게 만드는 일은 결코 쉬운 일이 아니다.

타자가 어떤 공을 좋아하고 어떤 스윙을 하며 어떻게 힘을 가하는지를 세세하게 알지 못하면 할 수 없는 일이다.

'야구에 타고난 재능이 있어. 그것도 야구를 하는 것에만 특화된 게 아니라 야구를 읽는 것 자체에.'

경험도 경험이지만, 무엇보다 나락을 겪고 아래에서부터 살아남기 위해 발버둥 쳤던 경험이 더욱 컸다.

온갖 구종을 연구하고 타자들의 버릇과 패턴을 연구해서 얻어낸 결론.

그것이 전성기를 맞이하며 큰 힘을 발휘하고 있었다.

'앞으로 얼마나 더 성장할까.'

왠지 예전에 유형진이 성장하던 시절이 떠올랐다.

유형진은 하나의 형태로 완성된 투수였다.

150킬로미터를 넘는 구속과 다양한 구종을 구사하며 타자와의 수 싸움을 즐기고 범타를 유도해 내는 데 최적화된 투수.

구종을 하나 가르쳐 주면 금방금방 익히고 실전에서 써먹는 투수를 볼 때마다 투수 코치로서 보람을 느꼈다.

'상진이는 비슷하면서도 조금 다르지.'

이상진도 어떻게 보면 비슷했다.

오히려 다른 면도 존재했다.

상대의 수를 읽는 것은 똑같았다.

지금처럼 범타를 유도하려면 얼마든지 유도할 수 있었다.

하지만 이상진은 기본적으로 상대를 윽박지르는 것을 즐겼다.

경기당 평균 10개 이상의 삼진을 꾸준히 거둘 정도로 상진은 타자와의 대결을 즐겼다.

—대구 스타즈의 선수들이 꾸준히 치고는 있는데 안타로 연결되는 것이 없군요.

—방망이에 공이 맞고는 있는데 전부 야수 정면으로 향합니다.

—스타즈 입장에서는 정말 경기가 안 풀리는 날이네요.

그래서 평소의 상진을 아는 사람들일수록 이런 상황이 더욱 머리 아파 왔다.

김영수 감독은 어떻게든 지금 상황을 타파해 보려고 시도했다.

안타가 나올 듯이 나오지 않는 이 상황이 너무나도 짜증스러웠다.

"도대체 왜 안타가 나오지 않는 거냐 말이다!"

선수들 입장에서도 마찬가지였다.

여태까지 이상진의 공은 배트에 빗맞는 공이 절반 이상이었다.

물론 나머지는 배트에도 스치지 못했다.

그런데 지금 때리고 있는 공들은 전부 배트 중앙에 제대로 맞고 있었다.

제대로 맞히고 있는데 안타가 나오지 않으니 미치고 환장할 노릇이었다.

"하여튼 심술을 부리는 것도 적당히 해라."

"저는 무슨 말인지 모르겠는데요?"

"일부러 맞아주면서 야수들한테 공 가게 유도하는 거. 딱 봐도 알겠더만."

상진은 더그아웃으로 돌아가면서 핀잔을 주는 재환의 말에 양 어깨를 으쓱거렸다.

"실책한 거에 비하면 이 정도는 해 줘야 하지 않겠어요?"

"대균이 형한테 혼나긴 했어도 좀 연습도 해야지. 애들이 다른 때는 바짝 긴장하면서도 네가 등판할 때는 축 늘어지니. 이런 자극도 필요하겠지. 그래도 적당히 해."

"제가 완전무결한 것도 아니니까요."

"노히트노런의 영광을 차지한 투수가?"

"완전무결해지려면 하나가 더 필요하죠."

완전무결한 투수로서의 증거는 방어율도 있고 삼진도 있지만, 가장 중요한 게 하나 있다.

퍼펙트게임.

단 하나의 안타도, 단 하나의 볼넷도, 단 하나의 실책도 허용하지 않는 완벽한 경기.

노히트노런을 달성하고 나니 왠지 모르게 그런 결과를 성취하고 싶었다.

"그걸 위해서는 저만 완벽해질 수는 없어요."

                    *   *   *

박종현 단장의 얼굴은 심각했다.

이제 시즌의 끝마무리에 들어섰다.

충청 호크스는 아직까지 5위를 지키고 있었다.

110전 56승 54패로 5할 승률을 아슬아슬하게 넘긴 호크스는 6위와는 1.5게임, 7위와는 2게임 차이로 근소한 우위를 점하고 있었다.

"오늘 제가 부른 이유는 다름이 아니라."

그런 박 단장의 근심거리는 하나뿐이었다.

"요새 이상진 선수의 피안타율이 올라간 것 같지 않습니까?"

"예? 아, 예. 자책점도 조금 올라가긴 했습니다."

"문제는 없습니까?"

그 질문이 무슨 의도인지 알고 있는 현덕은 고개를 끄덕였다.

그의 얼굴 위에 자신만만한 미소가 떠올랐다.

"당연히 없습니다. 있을 리가 없죠. 상진이는 지금 자신이 설정한 적정선 안에서 움직이고 있으니까요."

"적정선요?"

"이런 말이 있죠. 실전은 연습처럼. 연습은 실전처럼. 요새 하고 있는 일이 바로 그런 거죠."

박종현 단장도 선수 출신이었다.

그래서 지금 한현덕 감독이 무슨 이야기를 하는지 단번에 알아챌 수 있었다.

그는 너털웃음을 터뜨렸다.

"무슨 만화에서나 나올 법한 짓을 하는 모양이군요."

"덕분에 수비 연습은 잘되고 있습니다. 어린 선수들도 잘 따라 주고 있고요."

"어쩐지 이런 데이터가 나와서 궁금하던 참이었습니다."

박종현 단장이 들고 있는 서류에는 야수들에게 날아간 타구들의 데이터가 있었다.

한두 번의 차이는 있어도 포수를 제외한 모든 야수들에게 타구가 날아갔다.

아니, 예외가 하나 더 있기는 했다.

"외야로 좀 자주 날아가는군요."

"외야에 새로 기용되는 선수들이 아직 수비 실력이 부족해서 그렇습니다. 그래도 대량 실점까지는 이어지지 않게 세심하게 주의하더군요."

"그래서 자책점이 올랐던 거군요."

경기에 1점 정도 내준다고 해도 여태껏 시즌 중에 쌓아올린 상진의 방어율은 그리 크게 올라가지 않는다.

아직도 0점대를 고수하고 있는 자책점과 더불어 삼진 개수, 소화 이닝 모두 옵션을 달성할 수 있었다.

그래서 구단 입장에서는 더 골치이기도 했다.

"시즌 끝나면 30억 넘게 수령해 간다는 게 기가 막히네요."

"그 정도로 많이 가져갑니까?"

"자책점과 삼진 개수에서 금액이 좀 크니까요. 하지만 그런 건 지금 아무래도 상관없습니다."

"예. 중요한 건 따로 있죠."

지금 중요한 건 가을 야구에서 얼마나 좋은 성적을 거두느냐였다.

충청 호크스가 지금 거두고 있는 성적의 절반은 이상진의 힘으로 거뒀다고 해도 과언이 아니었다.

하지만 포스트 시즌은 패넌트 레이스와 다르다.

이상진 혼자만의 힘으로 감당할 수 없다.

이는 유형진이 아니라 전설로 남은 선수들도 마찬가지였다.

"얼마나 가능합니까?"

"솔직히 모르겠습니다."

한현덕 감독 자신도 가을 야구를 생각하면 숨이 턱 막히는 기분이었다.

가을에 포스트 시즌을 치를 때 단기간에 전력을 쏟아부어야 한다.

하지만 충청 호크스의 전력은 그에 미치지 못한다.

과연 얼마나 올라갈 수 있을 것인가.

그는 전혀 짐작할 수 없었다.

"상진이가 고생해 준다고 해도 장담할 수 없습니다. 그리고 그런 우승은 저도 싫습니다."

"한현덕 감독?"

"특정 선수 하나의 희생으로 우승을 한다. 좋은 드라마가 쓰일지도 모르죠. 하지만 그런 우승은 아무런 의미가 없습니다."

한현덕 감독 역시 과거에 투수였고, 팀의 승리를 위해 혹사당했던 경험이 있었다.

하지만 지금은 시대가 바뀌었다.

현대 야구에서 선수들은 철저히 분업화가 이루어졌고, 그에 맞춰서 뛰고 있다.

지금 이상진은 관리가 필요하지, 우승을 위해 무리할 때가 아니었다.

"야구는 팀 스포츠. 팀의 우승은 팀으로 이뤄 내야 합니다. 아무리 우리 팀의 선수라고 하지만 이상진 개인의 힘으로 이뤄 낸다면 그것에 의미를 둘 수 없습니다."

*   *   *

상진은 약간 불안한 표정으로 좌우를 살펴봤다.

경기를 지켜보고 있던 시점에서 이미 저승사자가 찾아올 거라고 예상했다.

하지만 무려 여섯 명이나 되는 저승사자들이 집에 찾아올 줄은 몰랐다.

"의자가 부족해서 죄송하네요."

식탁 의자라고 해 봤자 두 개였고, 그나마 있던 책상 의자까지 가져왔지만 턱없이 부족했다.

하지만 흑월 사자는 늙수그레한 얼굴에 한가득 미소를 띠며 고개를 가로저었다.

"이렇게 많이 찾아온 것만 해도 손님으로서의 예의에서 벗어난 일이지. 오히려 우리가 무례를 사과해야겠지."

늘 툴툴거리고 불평하면서 자신을 괴롭히기 여념이 없던 영호와 전혀 다른 말투였다.

상대를 배려하면서도 약간 고풍스러운 느낌이 드는 말에 상진은 살짝 위축됐다.

길고 긴 세월 동안 쌓여 온 연륜이 자연스럽게 느껴졌다.

"그런데 오늘은 무슨 일로 이렇게 오셨나요?"

"아아, 그때의 일로 마음고생이 많았으리라 생각했는데, 내가 직접 오지 못했으니 오랜만에 얼굴이나 볼 겸 왔지."

상진이 내준 물로 목을 축인 흑월 사자는 넉넉한 웃음을 입가에 머금었다.

설마하니 꿈을 이루고 싶다던 상진이 이렇게까지 성공 가도를 달릴 줄은 그도 미처 예상하지 못했다.

그리고 꽤 즐거운 하루하루이기도 했다.

관찰하기 위해 영호를 파견하면서도 인간 세상의 분위기를 파악한다는 명목으로 상진의 경기를 지켜보곤 했다.

"잘하고 있더군."

"예?"

"가끔 야구에 관심을 갖고 있어서 젊은이의 경기를 자주 지켜봤지. 압도적이고 효율적이면서 아름다운 투구를 하더군."

다른 사람들에게서도 많이 들은 이야기였지만 막상 저승사자에게 직접 들으니 뭔가 쑥스러웠다.

상진은 그냥 멋쩍게 웃었다.

"이번에 메이저리그의 사람과 계약하는 걸 거부했다지?"

"예. 제가 원하는 사람이 아니어서 거부했습니다."

"들어서 알고 있다네. 난 사실 젊은이가 물욕에 눈이 멀지 않았나 걱정했었네. 그런데 기우였군, 기우였어."

흑월 사자는 상진이 노히트노런까지 달성하자 깜짝 놀랐다.

설마하니 자신의 한계를 향해 이렇게까지 빠르게 질주할 줄은 상상도 못 했으니까.

그래서 오늘 방문하는 것도 결심할 수 있었다.

"젊은이. 메이저리그에 가고 싶다고 했었지?"

"꼭 가고 싶다고는 생각하고 있습니다."

언제나 그렇듯 가고 싶다는 마음만은 언제나 가지고 있었다.

다만 시기가 어떻게 되느냐의 문제일 뿐.

빅 리그에 진출해서 세계적인 선수들과 맞대결을 할 생각만 하면 언제나 가슴이 두근거렸다.

흑월 사자는 빙그레 웃으며 폭탄을 집어 던졌다.

"내가 도와줄까?"

흑월 사자의 웃는 얼굴을 마주하며 상진은 입을 꾹 다물었다.

요새 이런 요청이 많이 들어왔다.

스캇 보라스만이 아니라 메이저리그나 국내에 다른 선수들을 관리하는 에이전트들이 계속 계약을 하자며 연락을 해 왔다.

그들은 모두 금전적인 목적이 있는 사람들이었고, 상진은 그들의 제안을 전부 거절했다.

'하지만 저승사자들은 조금 다르지.'

그래서 단칼에 거절하지 않고 뜸을 들이고 있었다.

본의가 뭔지 궁금했다.

어째서 금전적인 면을 추구할 리 없는 저승사자들이 자신을 도와주는 걸까.

"어째서 이런 호의를 보여 주시는 건지 궁금합니다."

"허허, 궁금할 만하겠지. 그저 그때의 미안함을 조금이라도 갚기 위해서 그러는 걸세."

"그것이라면 황금 돼지를 먹여서 되살려 주신 것만으로도 충분합니다."

죽을 뻔하기는 했어도 제자리로 돌아왔다.

저승사자라는 존재를 확인해서 약간 충격을 받긴 했어도 육체적인 타격은 없었다.

무엇보다 이런 미친 듯한 시스템을 손에 넣어서 최고의 시기를 보내고 있단 사실이 너무 마음에 들었다.

"어째서 거절하는가?"

"단순히 미안함을 갚기 위해서라고 말씀하신다면 정중히 거절하겠습니다. 저는 제 힘만으로 얼마든지 메이저리그로 갈 수 있습니다."

이쯤 되면 평행선을 달리는 셈이다.

도와주겠다는 흑월 사자와 그걸 거절하는 상진의 대화는 교차점을 찾을 수 없었다.

그걸 보다 못한 다른 저승사자 하나가 앞으로 나섰다.

"나는 백류 사자라고 하네. 이야기를 하는데 끼어들어 미안하지만 개인적으로는 자네의 팬이라네."

"팬이라고요?"

왠지 정신이 아득해지는 말이었다.

설마하니 저승사자가 자신의 팬이라고 말할 줄이야.

팬이라는 말이 이렇게까지 무겁게 느껴질 줄은 단 한 번도 상상해 본 적이 없었다.

백류 사자는 엷게 미소를 지으면서 상진의 손을 잡고 악수를 했다.

"내가 야구를 좋아하긴 하는데, 올해 자네의 활약에는 정말 반했다네. 여기에 있는 저승사자들이 전부 그렇고. 그래서 자네를 돕고 싶어 하는 걸세."

"아니, 그러니까! …후우."

상진은 점점 아파오는 머리를 쥐어뜯으면서 인상을 썼다.

하지만 저승사자들은 그런 상진의 태도가 당연하다는 듯 웃으면서 가만히 있었다.

한참을 왔다 갔다 하면서 뭐라 말하려다가 한숨을 내쉬길 반복하던 상진은 다시 자리에 앉았다.

"참 복잡하게 일을 만드시는군요."

"내키지 않는가?"

"네. 내키지 않습니다. 물론 지금 오신 저승사자분들이 보통 사람들과 다르게 물욕 때문에 온 게 아니라는 건 이해했고, 마음만은 감사합니다. 하지만 이유없는 호의는 받아들이기 싫습니다."

"그러면 계약하는 건 어떤가?"

"예?"

흑월 사자는 여전히 부드럽게 미소를 짓고 있었다.

하지만 다시 눈이 마주친 상진은 그만 압도되고 말았다.

대체 몇 백 년이나 살아오면 저런 눈이 될까 싶었다.

타자들과 대결을 하면서 상진은 상대의 속마음을 읽어 내는 데는 일가견이 있었다.

상대가 어떤 마음가짐인지, 어떤 공을 노리고 있는지.

그런데 흑월 사자는 그런 타자들과 현격하게 달랐다.

한낮인데도 검게 물든 바다를 보는 듯 너무 깊고 깊어서 도무지 속마음을 알 수 없었다.

"계약이라고 하셨나요?"

"그래. 듣자하니 여기저기에서 오는 에이전트 계약 요청 때문에 골머리를 앓는다고 들었네. 구단도 그렇고 자네도 그렇고."

그건 맞는 말이었다.

훈련을 하다가 휴대폰을 확인해 보면 수십 건이 넘는 부재중 전화와 수백 건이 넘는 메시지가 와 있었다.

번호를 바꿔도 마찬가지였다.

게다가 구단으로 연락을 해서 자신과 연결시켜 달라는 사람도 수없이 많았다.

그런 일이 너무 귀찮기는 했다.

"이놈을 데려가는 건 어떤가? 매니저로 쓰게. 에이전트도 괜찮고. 그에 걸맞는 신분도 알아서 만들어 주지."

"예? 흑월 사자님? 왜 하필 접니까?"

지목당한 건 영호였다.

그는 왜 자신이냐며 펄펄 뛰었다.

하지만 흑월 사자는 단호하게 명령했다.

"자네가 그동안 이 젊은이와 함께 지낸 시간이 많지 않은가?"

"그건 전부 업무였지 않습니까?"

"설마하니 그동안 땡땡이치면서 왔다 갔다 했던 걸 내가 모르리라 생각하진 않겠지?"

영호는 그동안 근무 시간에 일탈하며 몰래 빠져나온 사실을 들켰음을 직감하고 고개를 푹 숙였다.

더 반항할 수 있었지만 무의미했다.

지금 상황은 노련하다 못해 철두철미하게 퇴로까지 막아 놓은 흑월 사자가 의도적으로 만들어 놓은 걸 테니까.

"…알겠습니다. 그러면 구체적으로 뭘 하면 됩니까?"

                    *   *   *

충청 호크스 구단은 뜻밖의 방문객이 나타나자 약간 혼란스러워졌다.

박종현 단장은 이 뜻밖의 방문객을 맞이하면서 곤혹스러운 표정을 지었다.

"그러니까 누구시라고요?"

"처음 뵙겠습니다. 이번에 이상진 선수의 에이전트를 맡게 된 신영호라고 합니다. 만나뵙게 되어서 영광입니다, 박종현 단장님."

옆에 있던 상진은 웃음을 터뜨렸다.

자신의 에이전트라고 소개하는 영호의 얼굴에는 떨떠름한 미소가 가득 떠올라 있었다.

그래도 나름 노력이 가상했다.

영호는 아직 이런 일에 익숙하지 않긴 했어도 명함도 건네며

비지땀을 줄줄 흘렸다.

"이상진 선수, 에이전트 계약을 맺은 겁니까?"

"예. 저와 마음이 맞는 분이라서 쉽게 계약을 할 수 있게 됐습니다. 그러니 이제부터 구단으로 연락이 와도 이분께 돌려주시면 됩니다."

미심쩍은 눈으로 바라보던 박종현 단장은 옆에 있는 직원에게 명함을 건네주었다.

보고서 확실한 회사인지, 그리고 확실한 사람인지 확인해 보라는 무언의 지시였다.

"그런데 정말 괜찮은 거죠?"

"당연하지. 이미 있는 회사와 변호사 자격까지 확실한 사람이니까."

물론 상진과 저승사자들은 이런 상황에 맞는 준비를 이미 끝내 놨다.

언제 어떻게 준비해 놨는지는 몰라도 영호의 신분은 훌륭한 에이전트로 위장되어 있었다.

심지어 변호사라는 신분까지 준비해 놓을 정도로 철저했다.

"그러면 심영호 씨, 앞으로 우리 이상진 선수를 잘 부탁드립니다."

"오히려 제가 잘 부탁드려야죠. 이상진 선수가 앞으로도 좋은 활약을 보일 수 있게 많은 도움 부탁드립니다."

영호의 뼈 있는 한마디에 박종현 단장의 눈에 이채가 떠올랐다.

에이전트가 앞으로도 좋은 활약을 보인다는 이야기를 꺼내는 건 성적에 신경을 쓴다는 뜻이다.

가뜩이나 메이저리그에서 눈독을 들이는 마당에 이런 이야기를 하는 이유는 단 하나.

메이저리그 진출에 협조해 줄 것과 선수의 컨디션을 잘 관리해 주기를 요청하는 것이다.

"연기 잘하던데요?"

"이 정도는 기본이지."

"혹시 다른 신분으로 살아 본 경험이 있는 거 아니에요?"

농담으로 던져 본 말이었는데 영호의 얼굴이 살짝 굳었다.

그리고 상진이 뭐라고 반응하기도 전에 다시 본래대로 돌아왔다.

"경험이 있을 수도 있고 없을 수도 있지. 그리고 이제부터 시끄러워지겠네."

"뭐, 그건 에이전트 겸 매니저인 우리 심영호 님께서 잘 알아서 해 주셔야겠죠?"

"에휴. 진짜 내가 무슨 죄를 지었다고 이딴 놈하고 자꾸 얽히는 건지."

투덜거리면서도 영호는 싫지만은 않았다.

애초에 상진을 감시한다는 명목으로 자주 왔다 갔다 했었다.

그러면서 놀라기도 했다.

상진에게 주어진 [개처럼 먹어서 정승처럼 벌자] 시스템도 마찬가지였다.

간혹 인간에게 주는 시스템이라는 기능에는 맹점이 하나 있다.

자신의 목표를 향해 끝없이 나아가고 동경하는 사람에게는 인간의 한계에 달하는 재능을 준다.

시스템은 사용자가 자신의 꿈을 잃어버린다면, 그 사람을 망가뜨린다.

'하지만 이놈은 다르지.'

그래서 영호는 상진을 여태껏 보아 오며 감탄하고 또 기특하게 생각했다.

상진은 엄청난 액수가 걸려 있는 계약을 달성할 수 있게 됐음에도 아직도 메이저리그에 진출하겠다는 목표를 향해 달리고 있었다.

물론 이런 세세한 내용까지 상진에게 말해 줄 수는 없었다.

실상을 알게 된다면 마음이 흔들릴 수 있으니까.

그래도 지금껏 노력하며 앞으로 정진하는 상진의 모습을 보면 응원해 주고 싶은 마음이 들었다.

이번에 에이전트 겸 매니저라는 명목으로 인간계에서 활동하는 걸 승낙한 이유이기도 했다.

"아무튼 내가 철저하게 관리해 주마. 우선은 너한테 들어오는 모든 인터뷰하고 계약 요청을 정리하고 걸러 주면 되는 거냐?"

"이야, 기본은 되어 있네요."

칭찬은 고래도 춤추게 한다고 했다.

상진의 말에 진심이 담겨 있음을 깨달은 영호는 어깨를 으쓱 거리면서 환하게 웃었다.

"이 정도에 감탄하면 곤란하지."

*   *   *

영호의 능력은 생각했던 것 이상으로 좋았다.

본래 상진의 개인적인 인터뷰 등을 관리하던 건 충청 호크 스의 구단 직원들이었다.

그런데 이걸 전해받자마자 죄다 정리해서 규모가 작은 일이 나 문제가 있다고 판단된 회사의 스폰서 요청은 죄다 잘라 버 렸다.

무엇보다 확실한 건 상진의 휴대폰 관리였다.

"야, 휴대폰 내놔."

"거, 연락 좀 받고 살면 어디 덧납니까?"

구단에 출근하기 위해 영호가 끄는 차에 올라탄 상진은 연 신 먹어 대고 있었다.

처음 집에서 나올 때부터 샌드위치를 입에 물고 우물거리던 상진은 차에 올라타서는 계란을 꺼내서 씹었다.

"음식 먹으면서 말하지 말랬지? 기본적인 예의는 지키면서 살아야지. 너한테 오는 연락은 죄다 내가 관리한다. 그리고 전 화 통화 하면서도 먹지 마! 좀! 돼지냐? 코끼리도 너처럼은 안 처먹을 거다!"

평소에도 상진이 먹는 양에 관해서는 어느 정도 알고 있다고 생각했었다.

그런데 막상 하루 종일 붙어 다니며 관리를 하게 되니 상상을 초월하는 수준이었다.

"무슨 아침에 집에서 나올 때부터 처먹더니 차에 타서도 처먹고! 부스러기 흘리지 마! 흰자 노른자 떨구지 말고 다 처먹어."

"거, 야박하게 왜 그럽니까?"

"먹어도 흘리지만 않으면 뭐라고 안 할 테니… 차 시트에서 손 떼! 비닐 벗기는 순간 내가 한 500년 뇌옥에 갇히게 된다고 해도 너는 저승으로 끌고 간다."

살기까지 띠고 있는 영호의 말에 차 시트에 덮인 비닐을 벗겨내려던 상진은 움찔거리며 손을 멈췄다.

그리고 삶은 달걀을 하나 더 꺼내 먹으면서 물었다.

"아침 안 먹었어요?"

"안 먹었으면 어쩌려고?"

"배가 고프면 화를 내기 쉽다니까 뭐라도 드시죠? 여차하면 하나 까 드릴까요?"

"됐네!"

버럭버럭 화를 내며 운전하면서도 영호는 여전히 바닥 시트에 떨어진 빵과 계란 부스러기에 눈길이 갔다.

인간 세상에서 정식으로 활동하게 되면서 가장 하고 싶은

게 차를 한 대 뽑는 거였다.

그래서 그 낭만을 즐겨 볼까 했는데, 음식물 쓰레기로 더럽히고 싶지는 않았다.

"이제 팀 경기가 몇 경기 남았지?"

"이제 40경기 좀 넘게 남았죠. 44경기쯤 남았던가요."

"남은 등판에서 로테이션을 잘 지키면 20승을 달성할 수 있겠지?"

지금까지 달성한 이상진의 승수는 17승이었다.

게다가 무패행진을 달리고 있어서 언론의 관심사가 전부 상진에게 쏠려 있었다.

과연 20승을 달성할 수 있는가.

그런데 생각보다 상진의 대답은 심드렁했다.

"할 수는 있겠죠."

"뭔가 불만스러워 보인다?"

"이래저래 야구 외적인 일로 시끄러우니까요. 사실 이렇게 도와주시게 돼서 고맙기도 해요."

요 근래 에이전트 계약과 다른 곳에서 빗발치는 연락에 귀찮아 죽을 지경이었다.

개인적인 연락을 하는 것까지 지장이 있을 정도였다.

껄끄러워하면서도 영호에게 휴대폰을 맡기는 이유이기도 했다.

"아무튼 야구 외적으로 시끄러운 일들은 전부 맡겨라. 안 그러면 내가 저승 한가운데에 거꾸로 매달릴지도 모르니까."

"아, 그러니까 하나 생각난 건데요."

상진은 입 안에서 씹고 있던 달걀을 마저 목구멍 뒤로 넘기고는 다시 말했다.

"한 가지 더 부탁할 게 있어요."

『먹을수록 강해지는 폭식투수』 4권에 계속…

　　　　　*　　　　　*　　　　　*

　집에 돌아오니 기다리고 있던 저승사자가 다짜고짜 결과를
물었다.

　"어떻게 됐냐?"

　"거절했어요."

　"하여튼 기대를 저버리는 데는 재능이 있어."

　평소 야구에 관심이 많던 흑월 사자도 상진이 메이저리그의
에이전트와 계약 예정이라는 소식에 흥미를 보였다.

　지난번에 이야기했던 것도 있어서 괜찮은 소식을 기다렸는
데 완전 허탕이었다.

　하지만 상진은 배를 두드리면서 만족스러워하고 있었다.

　"역시 고급 음식은 포인트가 좋다니까. 정성이 최고예요."

　"얼마나 쌓았는데?"

　고급 레스토랑에서 나오는 음식들은 요리사들이 정성을 들
여 만든 요리들이었다.

　양은 적더라도 올라가는 포인트가 높아서 상진은 마음껏 먹
어 댔다.

　"음, 오늘 코인 두어 개 얻었죠."

　"900포인트 가까이 벌었다는 거네."

　"후우, 경기를 하나 더 뛴 기분이네요."

　보통 100포인트 넘어가는 선수들은 한 팀에 2~3명 정도밖